KB024528

진진욱 지상발표시전집

멈출 수 없는 노래

**국립중앙도서관 출판예정도서목록(CIP)**

멈출 수 없는 노래 : 진진욱 지상발표시전집 / 지은이 : 진진욱.
-- 서울 : 한누리미디어, 2017
    p. ;   cm

ISBN  978-89-7969-755-1  03810 : ₩40000

한국 현대시 [韓國現代詩]

811.7-KDC6
895.715-DDC23                            CIP2017019164

진진욱 지상발표시전집

# 멈출 수 없는 노래

한누리미디어

| 책머리에 |

　1994년에 동서대학교 사회교육원 문예창작과 시창작 과정을 수료하고 본격적인 창작활동으로 그해 『가야문학』 우수상, 『삼오문학』 대상 등을 수상하면서 신기하게도 다양한 지면에 본인의 시들이 게재되기 시작했다. 게다가 1995년에는 부산교대 문예대학에서도 시창작 과정을 수료하면서 시창작과 관련하여 나름대로 자신감을 갖고 열정적으로 임하게 되었으며, 특히 1996년 문학잡지 『문학21』 신인상에 시 〈별이 된 그리움〉 외 2편이 당선된 후에는 각종 문학잡지와 신문 등의 청탁이 많아졌고 덕분에 작품 발표의 기회도 대폭 늘어났다.

　1997년에는 처녀시집 《촛불》을 상재하였고, 이후 봇물처럼 쏟아져 나오는 시편들을 모아 금년 초에 《비천상은 나의 어머니》를 발간하기까지 어느덧 13권의 시집에 108편씩 1,404편을 엮어 독자들께 선보였다. 그리고 각종 지면에 발표된 작품들도 20여 년간 꾸준히 스크랩해 왔는데 숫자를 헤아려 보니 580여 편이나 되었다.

　어쨌든 20년 가까이 끊임없이 이어져 온 각종 질병과 싸우느라 지칠 대로 지쳐 버린 심신도 달래면서 각종 지면에 발표된 시편들도 정리하는 차원에서 '진진욱 지상발표시전집'으로 엮어 발간하기로 하였는데 아쉽게도 초창기 작품들을 모은 스크랩북 두어 권이 정리하는 과정에서 자취를 감추었다. 물론 과거의 발표지들을 따로 소장하고 있으니까 시간을 갖고 찾아 모으면 거의 다 모을 수 있겠지만 심신이 병약하여 더 이상 움직일 수 없기에 아쉽지만 현재까지 정리된 480여 쪽의 시편들을 일단 가나다 순 게재를 원칙으로 마감하고 누락된 원고는 실현 가능성이 없을지라도 후일을 도모하기로 하였다.

그간 첫 시집《촛불》과 두 번째 시집《님은 님이지만》을 제외한 11권의 시집을 발간하면서 최소한의 비용으로 배려해 주었고, 특히《너거들 중 맞나》와《노출시대》《술 취한 달마》등의 시집은 기획출판물로서 제작비는 물론 광고 홍보에 있어서도 전폭적인 투자를 아끼지 않고 지원하였으며, 이 전집 또한 정리부터 편집 교정까지 열과 성을 다해 임하면서 제작비 부담에 있어서도 대폭적인 삭감으로 후원을 아끼지 않은 김재엽 문우에게 재차 고맙다는 인사를 드린다.

더불어 양서 출판을 지향해 온 한누리미디어의 무궁한 발전을 기원하며 이 책을 읽는 독자들과 문우들께도 20여 년간 각종 지면에 발표된 진진욱 시문학의 진수를 총망라한 것임을 전제로 일독을 부탁드리면서 아낌없는 비평 또한 기대해 본다.


2017년 8월 길일에


지은이 **진진욱** 올림

# 차례

책머리에 · 8

진진욱 지상발표시전집
멈출수없는노래

# 차례

진진욱 지상발표시전집
멈출 수 없는 노래

# 차례

# 차례

진진욱 지상발표시전집
멈출 수 없는 노래

# 차례

# ㄱ

# 가난

새떼들 자취를 감추고
풀벌레들 울어대기 시작하면
어둠은 기를 쓰고 파고든다
그의 냉소를 피해
제각각 다른 칸막이로 들어서려는
발 빠른 걸음들
모든 칸막이가 보금자리라면
가슴 조아리는 자들 아무도 없을 터
냉소보다 무서운 칸막이 속으로
몸을 끼워 넣어야 하는 가난들은
이미 파김치가 되어 있는 육신으로
밥상머리에 앉는다
미끄럼틀을 타고 내려가야 할 것들이
썩은 사다리를 타고 내리는 위험성
식솔들의 표정은 굳어 있고
아비는 세상을 한탄하면서 내일은 꼭
해가 서쪽에서 뜨기를 엇박자 쳐본다
벽에 걸린 족자 속 달마의
지겨운 잔소리
'보금자리는 눈에 보이거나
감촉이 없음에 마음을 뒤져보라고'

배가 터질 듯한 달마의 숨찬 소리
포만한 자들의 소리가 진저리난다

# 가로등과 나

우리 간혹 이곳에서 마주치긴 했지만
서로는 말 한 마디 건넨 적 없었네
땅거미 쓸어내다 지쳐
고개 구부린 채
낡은 의자에 앉아 그 날이 그리워
낙엽에다 빽빽이 시를 채워가는 나

비 오는 날이면
그대는 하염없이 은빛 눈물만 흘렸고
난 비를 맞고 서 있는
그대 얼굴만 쳐다보고 있었지
우린 서로 사연은 다르지만
짝이 없는 홀몸

가을이 떠나면 더욱더 허전할 자리
밤새도록 정전이라도 되어 버린다면
어차피 우린 하나가 되어야 할 몸
하늘을 이불 삼아
별을 보며 밤새도록
말은 없지만 체온을 나눠야 할 사이

# 가시나무와 새

나는 네가
껍질 속에 가시를 감춘 나무라
단정짓지는 않는다만
간혹
간혹
심장을 찔러올 때면 나는
그렇게 밖에 믿을 수 없네

부러진 날개
나 이대로 얼마만큼 더
날아갈지 모르지만
가다가 새장에 갇혀
질식의 날을 맞을지라도
여기는 떠나려네 다시는
이 숲을 찾지 않을 것이네

# 가을

억 광년이 즐비하고 있는 가을
코스모스들이 피워 올린
이 향기로운 신선한 바람 타고
내 마음 내키는 대로 날으면
그리운 님 만날 수 있으련만
요소요소 부적 같은 구름이 놓여
어찌하면 좋으랴
수많은 하늘 길
보기보다 어려운 하늘 길
도중에 바늘구멍 같은 길쯤이야
무수히 있으련만
가야지
언젠가는 가야지
많은 세월이 뚫리면 그녀도 나를
찾아, 맨발로 하늘 길을 헤집겠지
수많은 나그네들
묻고 또 묻는다면
그녀도 나처럼 묻고 또 묻는다면
그 중 누구 하나 가르쳐 주리라

# 가을 단상斷想

이별은 슬픈 것임에도
그런데, 왜 이다지 아름답고
흥분되는 걸까
하나도 아닌
우수수
마치 데모하던 집단들이
뿔뿔이 흩어지듯 한꺼번에 떠나는데
하지만 저들도
나도
눈물 한 방울 흘리지 않고
아주 엄숙하게 헤어질 수 있다니!
모두들 붙들어 놓고 싶지만
떠나지 않으면 안 될 저들이 오히려
내 옷소매를 끌어당기고 있다
눈물마저 말랐는지 눈시울만 뜨겁다
마음 같으면 오히려 내가 앞서
함께 가련만
헐렁하게 남은 저 나목들을 또
내가 아니면 긴긴 겨울 동안 누가
손짓 발짓해 가며 놀아주겠는가!

# 가을, 달

하늘이 점점 높이 오르는 데다
구름까지 드문드문
별들을 가리고 있다

네, 이놈들
성난 을숙도 갈대밭 갈대가
빗자루처럼 구름을 쓸어낸다

하늘 끝자락
청자병 깨진 사금파리
반짝반짝 눈이 부시다

마루에서 대문까지 가기도
힘들어 하시는
고향 어머니

분명히 등 굽은 우리 어머니
언제 누가 저 하늘 높이
모셔 드렸을까

하얀 옷을 입고 굽은 등 그대로
별 구경을 하시느라
고개 들고 서 계신다

# 가을비

하염없는 늦가을 비 멈추지 않아
혼자서 걷기엔 너무 적적해!
이럴 때 그 사람 있어 준다면
양식 없는 이 마음
그 사람 나를 저주한다 해도
저주받지 않고는 못 넘길 나!
가을비에 떨어져 마른 몸으로
가시나무에 걸린다 해도
햇볕 나면 바스락 부서져
지난 죗값 치르지 않고는 못 버틸
나는 죄 많은 가랑잎
내 몸에 가랑비 적셔주는 걸 보면
그 사람도 나를 잊지 않았나 보다
이 비가 멈추면 젖은 몸으로
나는 또 예전같이 찾아나서 보리라

# 가을의 기도

나뭇잎에 혈흔을 입히는 저 노을은
누구의 가슴입니까
뚝뚝 떨어져 외로이 뒹구는 저 낙엽은
무슨 사연입니까

기러기 떼
공중을 선회, 하늘을 헹굼질할 때부터
예견은 했었지만
쉽사리 모든 것이 한꺼번에 해체될 줄
참으로 몰랐습니다

이 밤부터는 남겨진 발자국마다
그리움 웃자라
하늘을 지워가는 이별의 아픔
서리서리 솟구칠 것입니다

그리움을 모르는 사람들까지 집단으로
중병을 앓는 계절
지상은 마치 거대한 병상이 되어 모두는
링거 병처럼 매달린 달을 향해
무척이나 애원할 것입니다

달 없는 밤이면 가슴마다 촛불 켜들고
낯선 꿈길에서 방황할지도 모를 일, 그러나
그것은 쟁여둘 아름다운 추억일 것입니다

# 간단명료

사랑 곱하기
사랑은
푹신한 행복이다

모두여
곱하기를
밥 먹듯 하라

# 간이역의 칸나꽃

늦은 밤, 야간열차 소리가 들린다
미친 듯이 달려가 열차를 타고 싶다
그러고는 나에게 주어진 남은 세월을
창밖에 왈칵, 다 토해내 버리고
한적한 간이역에서 숨을 거두고 싶다

볕살 바른 곳에 칸나꽃으로 태어나
남은 자들을 위하여
고독의 야간열차 속에
환희의 꽃향기를 불어 넣어 주고 싶다

지금 이 시간, 나 말고도
저 열차소리를 듣고 뛰어들고 싶은
사람들이 얼마나 많을까
토악질과 칸나꽃을 꿈꾸며
숨을 거두고 싶은 사람들이 말이다

# 갑술년의 폭염

갑술년에는 개들이 판을 칠 줄 알았는데
펄펄 끓는 폭염이 판을 친다
겨드랑이, 사타구니에 물도랑이 생기고
아스팔트 도로도 더 한층 진하다
연일 보도되는 열대야 현상 뉴스에도
출렁대는 유방이나 풀 죽은 불알 모습이
드러나지 않는 것은 참 다행스런 일이다
개떡같이 갈라터진 논바닥에 서서
눈물 뿌리는 농부들과
고급 저택에서 냉방을 즐기는 어르신들
이 무슨 운명인가
섭씨 50도가 되면, 저택이며 고급 승용차
그 꼴도 말이 아닐 테지
인민의 흡혈귀 김일성도 폭염 앞에서는
어쩔 수 없었는지
저승사자를 따라가고 말았으니
폭염이여! 삶아라 고구마 찌듯 푹 푹

# 강아지를 찾습니다

누더기를 걸친 콘크리트 벽과
관절이 찢긴 전신주가
가슴을 드러내어 호소한다
"강아지를 찾습니다"
두 갈래로 땋은 머리에 금방울을 단
강아지를 보신 분은
아래로 연락주시면 후사하겠음

부식된 도시의 먼지를 헤집고
거지처럼 거리를 헤매고 다니는
노인
돋보기를 꺼내 쓰고
강아지 광고를 읽어 내려간다
자신이 개보다 못하다고 여겼는지
갑자기 담배를 꺼내 문다

# 강촌에 살고지고

금모래가 아니면 어때
듬성듬성 돌을 박아
흙으로 벽을 쌓고
갈대를 꺾어다 지붕도 만들고

외로움은 나 하나면 되지
달빛이 원한다면
울 밑에 박씨를 심어야겠네

양식은 강과 텃밭에 가득
봄이면 진달래꽃 따다가
화전도 부쳐 보고

그리운 이름들 팻말에 새겨
즐비하게 세워 둔
강 아래 모래섬

그립다 생각되면
사연 따라 빨주노초파남보
종이배 접어서 띄워 보내리

# 강태공과 입질

이빨이 무디어
낚싯줄을 끊어낼 수 없는 내 운명에
누가 낚싯대를 드리우는가

그 검은 그림자를 거두고 솔직하게
네 모습을 보여라
나는 너같이 야비하지 않나니

그리하여 나의 용도를 말해 주면
일찌감치 내 모든 걸 주리라
아니지, 운명 말이다

지금 내게 있어서
구름 없는 하늘이 없고
해일 없는 바다가 없음에

내 운명을 노략질 말고
이쯤에서 흥정하자
내 운명을 끈질기게 탐내는 자여

# 개울물

너희들이 한꺼번에 몰려간다고
바다가 반가워하지는 않겠지

너희들이 아무도 가지 않는다 해서
섭섭해 하지도 않겠지

그렇다고 개울에서
일생을 보낼 수도 없는 몸

어차피 바다로 가서 비만으로 퍼져
누울 바에야

목멘 잡초들의 뿌리나 적셔주고
갈 일 아닌가

덧니처럼 불거진 여울목 바위
석불로도 다듬어 보고

아랫도리 썩느니 아는가
늙은 갈대 구녕구녕 씻어 주다 볼 테면

잠결로 미끄러지듯
어느덧 너흰 쪽빛 바다에 닿으련만

# 갯마을

갯마을에 석양이 지면
굴을 까고
조개 캐던 아낙들
동리로 들어서고
게들은 옆으로 기어
용케도 제 집을 찾는다

갯마을에 석양이 지면
찾는 이 없는 폐선은
녹슨 닻을 파묻은 채
지나온 발길을
물끄러미 바라보며
늙은 선주가 그립단다

하루 종일 노닐던
갈매기들마저
석양을 따라
수평선 너머로 사라지고 나면
갈 데 없는 돌섬만
홀로 서 있는 갯마을

# 거류산에 올라

바다가 풍부하고 들판이 풍부하고 산이 풍부한
소가야의 옛터, 내 고향 경남 고성
내 몸 안에 든 정기를 9.9할이나 불어 넣어준
거류산 정상에서 바라보면
무이산, 연화산, 적성산, 철마산, 벽방산, 멀리는
물안개에 고개 내민 일본 대마도
산산이 하나같이, 소가야 여인들이 수절로 가린
그 뭉실뭉실한 젖무덤들 같아서
한동안 뜸했던 색정이 도화선에 불을 댕긴다

약으로 디저트를 즐기시던 내 아버지의 취미는
술과 담배, 도박이 아닌
대물림으로 전수 받은 삼강에서 오륜까지
평지를 마다하시고 벽방산 높은 데다 선영을 모신
아버지의 본 뜻을 이제야 헤아렸음에
"심봤다" 삼강 중에 부위자강
벽방산이 먼저 불그스레 취기가 오른 걸 보면
거류산과 마주앉은 둘 중 "심봤다" 장유유서

읍내를 가로 질러 서녘으로, 서녘으로 내달리면
먼지를 부옇게 뒤집어쓰고 왔다던 숙이 고향

광주가 숙이 없는 충장로를 홀로 지키고 있겠다
오늘 따라 유난히 곱게 물든 저녁놀
스물 셋이었던 영숙이가 스물 셋을 입가에 물고
노을가에 걸터앉아 그리움을 휘젓고 있다
내 쪽에서도 그가 훤히 보이는 만큼 그녀도 나를
못 볼 리가 없겠네만!

# 거류산을 찾아

소가야 옛 도읍지로 달리는 말발굽 소리에 낙동강 물결이 일
어나고 푸릇푸릇 들판의 보리가 일어나고 고향 가는 내 긴장
이 일어나고 마산서 잠시 뒷일을 본 조랑말은 소가야 고성,
거류산 입구에서 잠시 걸음을 멈춘다 생전의 수심 만큼이나
아직도 아물지 못한 조모님의 이장자리를 지나 정상에 오르
기 두어 시간 몸에 엉겨붙은 도시의 이끼들이 제 발로 무너
져 내리는 사이 당항포 바다쪽 왜병들 멱 따지는 소리 바람
끝에 매달려 오고 고을마다 외쳐대는 독립만세 소리 잠든 바
위를 깨운다 허물어진 성터 위에 떠 있는 하얀 구름은 461년
간 피어있던 소가야의 꽃이리라 기미년의 대함성이리라
장의寺에 들러 원효를 만나고 나온 해가 문수암 의상을 찾아
청량산으로 내려서고 있다

# 거미와 나

거미가 줄을 쳐 놓고
먹잇감이 걸려들기를
눈알이 빠지도록 기다린다

나 역시 마음에 줄을 쳐 놓고
머리통이 터지도록
시어詩語가 걸려들길 기다린다

한 놈이 걸려드는 줄
알았는데
그는 거미줄을 살짝 피해 간다

한 수 걸려드는 줄
알았는데
마음에 구멍을 내고 달아난다

나는 그래도 주방에 가면
전기밥솥에 말라붙은
밥이라도 있다만

몇 날을 한 군데서 죽치고 있는

거미가 굶어 죽었는지 살았는지
몹시도 궁금하다

둘 다 죽치고 앉아
걸려들기만 기다리는 게으름
식솔들 굶겨 죽이기에 딱 맞다

# 거미줄

나는 어젯밤 아무런 일도 하지 않고
내내 꿈만 꾸고 있었는데
너만이 꼬박 밤을 지새웠구나
좁은 골목 입구에 자망처럼 쳐 놓은
너의 생계용 그물
하루 종일 지나도 너와 내겐
아무 소득이 없구나

구렁이처럼 골목을 어지럽히는 바람
네 천적이 아니더냐
나의 아버지도 한 때는 너처럼
연안바다에 자망을 치곤 했지
힘없이 노 저으며 선창으로 들어서는
아버지의 가슴에는 먹구름뿐이었어
그러나 간혹 만선의 깃발도 올렸지
너 또한 멈추지 말고 부지런히 쳐 보렴

# 건망증

마음이 세계에 꽉 찼으므로
내가 나를 잊어 버린다
살아가면서 때로는
망연자실하는 것은 그 때문이다

내가 무엇을 했고, 무엇을 하고 있으며
무엇을 할 것인지 수시로 잊어버리는
아름다운 건망증이여

# 건배

추억은 볼펜의 물기둥을 타고 내려
백지 위에 무수히 몸 드러내어
장사진을 이룬다

싸구려 구두 몇 켤레에 누적된
인생치고는
그나마 화려한 것 같은데
막상 액자에 끼워둘 만한 것은
하나도 없다

지난날의 희미한 희비와
진혼곡은 멈춰지고
지금은 내게도 팡파르가 흐른다

가파른 언덕길
우리들의 무거운 수레를 위하여
위하여!

# 게들의 수난

내 다리 돌려 달라
내 다리 돌려 달라
내 다리 돌려 달라
내 다리 돌려 달라
내 다리 돌려 달라
내 다리 돌려 달라
내 다리 돌려 달라
내 다리 돌려 달라
내 다리 돌려 달라
차라리 몸통을 주마
제발
내 다리 돌려 달라

바람 잘 날 없는 항, 포구
꽃게 좋아하다
꽃게 귀신한테 잡혀
피 본 놈이 한둘인가
삶겨서 벌겋게 변한 게
게의 천적들아 이제 그만
그들을 괴롭히지 마라
게 잡는 어부나

게 파는 상인이나
게 사서 먹는 인간이나
부디 죽어 꽃게로 태어나라
잡혀서 삶겨 보아라

# 겨울밤

조금만 더 기다리자
이 차가운 꿈길에서 벗어나면
따뜻한 동이 틀 것이다
먼 바다에서

나는 안다 바다로 가는 길을
간 밤, 모든 영혼들이
옆구리에 별 하나씩 매달고
멱을 감고 갔을 바다

나 그곳으로 가서
남은 별이 있는지, 아니면
잃어버리고 간 신발이 있는지
온 바다를 훑어볼 생각이다

그녀와 함께 멱을 감던 기억
머리에 감긴 꿈길이 풀리면
나는 바다로 갈 것이다
그녀와 멱을 감았던 곳으로

무인도
그녀를 만나지 못하더라도
그녀가 남기고 간 말들을
물새들이 낱낱이 품고 있을 것이다

# 겨울 아침

혹독한 엄동이 창호지처럼 발려 있는 창문
불그스레한 혈흔 무더기
일시에 창을 뚫고 들어와 분무질을 한다

평온이 불모지였던 꿈의 고랭지는 사라지고
은둔해 있던 동심童心 같은 거
해골을 딛고 일어서서 바깥을 주시한다

허공은 만물의 공유지분
지상의 모두들, 하루를 경작하기 위하여
허공에 삽질을 해댈 시간
푸른 것은 더욱 푸르고 목적은 더욱 뚜렷해

거대한 태양이 혈흔을 거두어 가기까지는
창고 가득 쭉정이를 채우기보다, 지난 해
알곡을 꺼내어 온 가슴에 심는 일이다
하루 만에 수확을 보는 일이다

# 겨울에는

바람 부는 날에는
갈대밭에 가지 말자
백발의 노인들이
죽음을 눈앞에 두고
사지를 떨고 있다
맥을 못 추고 있다

바람 부는 날에는
바닷가에 가지 말자
금빛 모래알들이
징용을 눈앞에 두고
사지를 떨고 있다
맥을 못 추고 있다

바람 부는 날에는
호수로 가자
혹한의 계절에도
백조는
우리들의 움추림을
활짝 펴게 하나니

바람 부는 날에는
포장마차에 들앉자

# 겨울하늘

전날 마신 폭음으로 술기운 얼얼하게 도져 있던
아침 해
차가운 갯바람에 제 정신을 찾는가 했더니
한 바퀴 돌아 제자리로 돌아갈려면
길은 아직도 반이나 더 남았는데
참새가 방앗간을 그냥 지나치지 못하듯
소주공장 지붕 위를 지나다가
빨대처럼 꽂혀 있는 소주공장 굴뚝에 입을 대고
또 얼마나 빨아 마셨는지
벌겋게 취해 비틀거리더니
온 데 간 데 없다

# 결별

귀를 자르는 아픔이었지만
지금 와서 생각하면
명쾌한 방법 아닌가!
살을 에는 아픔이 올 줄 알고
미리 도려낸 자국
아무리 다짐했다 해도 너무 깊은
상처이기에 가끔은 아리다
결별!
그 동안 수천 번을 참아줘서
수천 번을 고개 숙인다
살아있는 상처
반항에 미약한 결별의 선처여!

# 경부선 열차

소한 대한이 지난 깡마른 산야
열차는 녹음 속을 달리던
추억을 되새기며 남으로, 남으로 달린다

시끌벅적한 특별시를 벗어난 열차는
절간 주변 같은 산야를 파고들며
겨울잠에 푹 빠져 있던 먼지를 일으킨다

흐려 있는 하늘과 먼지가
암호를 주고받았는지 밀양역을 지날 무렵
마알간 하늘에 태양이 모습을 드러낸다

파김치처럼 구겨 앉아 졸고 있던 승객들이
하나 둘 깨어나 서녘을 바라본다
하늘에 불이 붙었다

태양은 산을 넘어서기 직전 내게 말했다
내 오랜 친구여! 밤새 울적해 하지 마라
내일 다시 모두에게 나눠줄 빛을 가져오리니

# 경부선 철로

발은 부산, 머리는 서울에 키와 몸집도 같고
눈에 파묻히거나 홍수에 잠겨도
꿈틀도 않는 너희 둘은 죽었느냐, 살았느냐?
죽었다면 벌써 썩어 문드러졌을 판국
나는 혼자이기에 살아도 죽은 몸
너희들은 둘이라 죽어도 살아있는 몸
한 치 오차 없는 너희들이 부럽네
파뿌리가 되도록 함께 있다 보면
삐칠 때도 있으랴만
서로 등지고 돌아누울 때도 있으랴만!
감춰진 @과 @
자식들 생겨나면 방해된다 이거지
질투난 인간들이
꼬리에 꼬리를 매단 육중한 쇳덩이로
하루에도 몇 번씩 짓뭉개고 다녀도
아파서 소리치는 건 오히려 쇳덩이들
용광로보다 뜨거운 사랑에 빠져
아무 소리도 들리지 않느냐?
다른 감각 또한 전혀 느끼지 못하느냐?
전생에 무슨 선행으로 찰떡 같은 궁합이랴!
나는 무슨 죄업으로 일찌감치 도중하차랴!
확, 둘 틈새 비집고 내 가운데 누워버릴까

# 경전經典

나이에 관계없이 그녀에겐 언제나
젖이 나온다
해가 거듭될수록 젖은 더욱
풍부하겠지
짐승우리에 갇혀 짐승화 되기
십상인 나에게
그녀는 언제나 사람의 젖을
빨게 한다
내가 여태 무럭무럭 사람으로
늙어가는 것은
그녀만의 펑퍼짐한 젖으로 하여

# 계절과 삶

겨울이 아버지였다면
봄은 어머니가 아닌가
지하地下 요새의 왕성한 대군大軍들
이웃 난소에 들어가
수장끼리 친교를 맺고
폐허가 된 지상에
낙원 한 번 세워 보고자
지장指章 꾹꾹 눌렀을 것이다

천지신명도 거들었나 보다
얼어붙었던 지면地面이 촉촉
잡초더미 속에
쑥이 고개를 쑥쑥 내밀더니
하!
여기저기서 푸릇푸릇
날갯짓을 한다
곧 방긋이 웃는 꽃이 피리라

움츠리고 싶을 땐
사정없이 움츠리는 것이 상책
힘껏 조임에 있어서

묵은 것은 깡그리 부서짐에
주저앉았던 온도계의 수은水銀이
벌떡 일어나
사정없이 지대공地帶空
미사일을 쏜다

# 계절의 덫

초저녁부터 내리고 있는 치매 걸린 가뭄 비
치매는 죽음의 덫과 같다지만
봄은 깡그리 볕들이 다 까먹고 쭉정이뿐
제대로라면 벌써부터 온 대지가 푸르러
보행로 실금 사이에도
뿌리 내려 있을 초록의 계절이 그만
봄을 잡아먹고도 아스팔트까지 달구는
이 무시무시한, 동물도 식물도 아닌 것이
왜 하필 여름만 길게 붙들고 안달인지
비의 순수를 애무하다 뜬 눈 뒤척이는
사이에 비는 이른 새벽 몰래 도망가고
불쾌지수 한 짐 지고 바다에서 떠오르는
저것이야말로 덫이거늘, 오늘 또 어찌하랴
다가올 가을은 재주도 없나 보다
보따리 하나 들고 담을 넘어오면 되는 걸
멀리 수평선 너머 가을이 걸음마를 배우고 있다
가을의 팡파르가 울릴 때까지 덫 덫 덫
저 어린 가을이 올 때까지 덫에 걸리면 안 돼
우듬지 닮은 세월에 우듬지 같지는 말아야지

# 고관대작들에게

몽땅 날리고 홀몸으로 슬레이트집에
달세 내는 조건으로 이사를 왔더니
내 살아생전에 처음 겪는 일이라
허름한 창문을 떼어내고 온 동네
싸다니며 창틀 넓이에 맞는 합판을
주워 한가운데 구멍을 뚫고 그 자리
환풍기를 달았더니, 달았더니
온갖 잡냄새며 수증기가 빨려 나가더군
세상 원망까지 말일세
간다, 간다 하다가 벌써 10년째
곰곰 생각하니 이사나 햇수가 문제가 아니라
부자감세는 뒷일로 미루기로 하고
족집게 양반들이여!
일부 몰지각한 고관대작들이며, 그들과
복잡하게 연결된 연루자들 머리통에
구멍 하나씩 뚫어 환풍기 한 번 달아보시지!
빠져나올 것들 생각만 해도 분통 터질 일!
대작들이여! 숙박비 안 받을 테니 하룻밤,
딱 하룻밤만 묵었다 가시오!
마음 비우기에는 여기가 천하명당 자리라

# 고독의 주행선

태종대 자살바위 아래로 젊은 여자가
투신했단다
행인들이여 왜 그를 낚아채지 못하고
잘 가라 손짓만 했느냐
두 팔을 거두어들이지 못하는 남자여
그대는 필시 여인과의 관계가 두려워
현기증에 감금되어 있지 않느냐
마치 내가 내 여자를 버린 것 같아서
죽음을 알고도 눈물 흘릴 수 없다니
천지가 알고
갈매기마저 지울 수 없는 기억 박스
카페의 음악이 슬피 바뀌어
잔잔한 바다에 안개를 깔고 있네
낙오자가 된 낯선 남자여! 이제부터
그대는 여인의 영혼을 평생 짊어지고
낙오자만 걸어야 하는 주행선을 따라
일생을 걸어야 할 것이네
보나마나 내 님의 최후도 그러했으리

# 고성만

남쪽 바다 내 고향
기억 속에 가라앉은 그물을 당긴다
물칸에 노을만 실은 배 뒤로
만선의 배들이 줄줄이 들어오고
뭇 애환들을 과적한 여객선과
온몸 뒤척이는 어판장 고기들
건너 토끼섬 청솔을 바라보며 꿈에
부풀어 있는 소년
남포관 진주관 삼산관의 기생들 웃음
밤에도 해가 뜬다

너무 오랜 헤어짐에
반백이 된 바다 반백이 된 소년
혼자 남은 외로움
내 외로움 만큼이나 수척했으리라
나의 키를 세워준 내 이름은
고성만
이대로 다시 떠나야 함은 네 탓도
내 탓도
내 곁으로 언젠가는 돌아오리
물안개가 되어서라도 꼭 돌아오리

# 고속시대

속도가 세상을 만든다
생산 중에 으뜸은 단연
남자와 여자 사이
꽃이라면 다 향기가
있을 법해도 착각이다
속도가 세상을 지배한다
그 중에 남녀의 애정
속도가 제한이 없다 보니
뒤죽박죽이다
옛 시절 연애는 걸어서
중 시절 연애는 뛰어서
근대 연애는 날아서 한다
빌어먹을 속도
속도가 세상을 급조하니
아라비아 숫자가 꼬인다
곧 위험수위
뛰어서 해도 빠른 속도

# 고양이와 나

어쩌다 혼자가 되었을까
너와 나의 사연이 흡사하여
웅크린 어깨와 흐린 눈빛까지

나 외롭듯 외로운가 봐
억센 발톱으로
나의 처지를 캐냈나 보구나

체중미달인 우리에게
외로움은 비대하여
고독의 영역은 끝이 안 보여

나의 주위를 맴도는 그에게
위로 대신 먹이를 준다
서로에게 눈물 젖은 밥

밤이 지나면 내일이 오지만
태양은 언제나 구닥다리
있으나마나한 내일

내 너를 위해 무엇이 될꼬
온몸으로 말하렴
뭐든지 채워 주마

# 고자질

새벽 종소리가 먼 마실까지 내려와
중생들을 살핀 뒤, 소리 없이 사라진다
숨이 붙어 있는가, 없는가가 아니라
육신에 아상과 번뇌가 얼마나 차있는지
속속들이 고자질할 곳이 있기 때문이다

# 고장

나의 시와 키스하는 자여!
또는 꿈속에서
나의 시를 애무하는 자여!
남녀가 발정하면
시도 때도 없듯이
깊은 새벽
난 지금도 시를 짓고 있다
오로지 독신자들을 위해
그러기에 나의 시는
당신들의 꼬챙이를 새벽에
꼿꼿이 세운다
내 곁에서 조언을 하는 자는
담배와 커피뿐
생면부지 여인을 떠올리며
대를 이어 나갈 일을 걱정
새끼라도 좀 낳을까 하고
컴퓨터와 자위행위를 한다
못나도 잘나도 버릴 수 없는
새끼들 제법 나온다
튀는 시가 안 나오는 걸 보니
이젠 컴퓨터도 나도 늙었나 봐

# 고향에게

당신은 나를 매정하다 할지 모르지만
나는 당신이 싫어 떠난 것이 아니어요
아니, 떠남이라는 표현은 가혹해요
당신에게 바칠 선물을 구하려다가
이렇게 오랜 헤어짐이 되었으니까요

낯선 거리를 헤매고 돈다는 건
참으로 암담한 일
그러나 나에겐
식을 줄 모르는 당신의 체온이 배여 있기로
그것을 위안으로 떨고 있지는 않아요

가끔은 꿈길에서 당신을 만날 때면
가슴 파묻고 눈물 펑펑 쏟아내고 싶지만
눈물도 아마 꿈인 줄을 아나 봐요
방황이란 외롭고 쓸쓸한 깃발 없는 행군
차표를 구하는 대로 돌아갈까 해요
안녕

# 곰팡이들의 항변

재건 또 재건
벽지에 압사된 방구석 곰팡이
빈 손, 빈 몸으로 세운 마을
가장 후미진 곳에서
오순도순 살아가는 이들에게
또 한 겹, 개벽하듯 풀칠하는
도배장이
법 없이 잘 살아가는 마을에
풀칠 같은 법을 밀어붙이는
오랑캐 같은 도배장이여!
이주 지역을 지정해 주든지
차라리 전멸을 시켜다오
붉은 띠 두른 적 없고
빵 달라고 손 내민 적 없는
평화와 행복의 전당에
이건 대학살이다
너희들만 삶의 권리가 있느냐
목숨의 정가定價는 일률적이다

# 공룡은 귀향을 꿈꾸고 있다

공룡의 영혼들이 곳곳에 잠들어 있는 고장
소가야 백성들의 영혼이 편히 잠들어 있는 고장
왕국은 오늘도 비상飛上중이다
봄이면 푸른 대지와 군민들의 푸른 꿈이
연중 청정해역의 잔잔한 파도처럼 넘실대는
풍요롭고 평화로운 고장
내 고향 경남 고성
첫사랑 그리움만큼이나 언제나 그리운 내 고향!
지금쯤 공룡의 축제가 고성에서 한반도를 넘어
세계로, 세계로 팡파르를 울리고 있을 게다
다시 살아 돌아오라 공룡들이여!
영혼에서 깨어날 수 없다면, 내 이 몸 벗어두고
그대들을 찾아 영혼으로 다가가리
자궁 튼튼한 암컷들을 불러 모아
코피 줄줄 흘려가며 짝짓기를 하여
벽방산 위 휘영청 둥근 달 지날 때
거류산, 둥지 같은 양지쪽에 알 수두룩 내려놓으면
타임머신을 타고 소가야를 훌쩍 뛰어 넘어
그때 그 시절로 돌아가
우주에서 가장 거대한 공화국 하나 만들 것이다

# 공원에서

이토록 벅차게 나를 위해 노래하는 자들도 있고
나를 위해 춤을 추는 자들도 있고
나만을 위한 무대가 단 한 번도 없었던 생애
오늘은 숲과 새와 꽃들이 한꺼번에 모여
날더러 나의 불을 꼬집어보라 하네

나를 벌레로 바라보던 눈들이 공원 아래 먼발치
그것도 맨 밑바닥에서 오히려 벌레로 바뀌어
숭시럽게 삶을 갉아먹고 있어
통쾌함이 물안개처럼 밀려드는 화려한 무대
어리둥절, 확실치 않은 지금의 내 신분

관중들이시여
달이 삐죽 솔가지를 타고 내리면 퇴장하시라
2부에서 나의 진면목을 보게 되면 울적하리니
광대의 일생을 보며 옷소매 적시지 말고
노을이 지면 다들 안전한 곳으로 대피하시라

# 관찰

나무 두 그루가 무럭무럭 자라더니
어느새 성년이 되어
각각 맞닿은 가지끼리
볼을 부비며 사랑을 하고 있습니다
색깔만 봐도 한창입니다
바라보는 뭇 사람들의 눈총에도
부끄러워하지 않고
갈수록 흥분하는 기색이 뚜렷합니다
바람이 지날 때마다
부리나케 섹스를 해댑니다
그럴수록 새끼들이 여기저기서 아주
귀엽게 세상 밖으로 얼굴을 내밉니다
계절이 바뀌려 합니다 세상에 늙지
않는 것은 아무것도 없나 봅니다
그들의 몸에서 세월이 흘려놓고 간
냄새가 진하게 풍깁니다
자식을 남겨두고 떠나야 함은 사람이나
매 마찬가지인 것 같습니다
잎새들이 물들어 황혼을 말해 줍니다
삶이 다 된 잎들은 벌써부터 힘없이
땅 위로 내려앉습니다
우리네 사람처럼 세상과의 하직입니다

# 광란

창 너머로 보이는 산중턱 정신병원
병동을 빠져나온 불빛과
내 방에서 빠져나간 불빛이
거리에서 만나 발광의 자유를 누린다

인정된 미치광이의 광기와
인정되지 않는 내 광기에서 채광된 빛이
비바람과 함께 태풍으로 돌변하여
도시를 강타한다

느닷없이 몰아치는 광란을 피하느라
곳곳에서 바둥대는 미치광이 초년생들
그렇게 그렇게 점점 미쳐보아라
병동에 갇히면 자유는 영영 없나니

난장판이 된 도시의 새벽이 흥미롭다
나를 더욱 후련하게 한다 저렇듯
사나흘에 한 번쯤 미쳐볼 수 있다면
알량한 양심에서 헤어날 수 있다면

# 구두수선집

휠체어를 끌고 처음으로 병원문 밖으로 나가보았다
눈에 보이는 사물들이 새롭다, 얼마만인가!
병동 침실보다 낮고 좁은 공간에서 부지런히
구두를 손질하는 사내
세상에서 제일 귀한 직업 같다
지나가는 숙녀들의 허벅지를 보며
젊음을 충전할 수 있기에

눈에 확 띄는 것이 있다
"모든 굽 낮춰 드립니다"
휠체어 바퀴를 굴릴 때마다 반복해 본다
세상을 잘못 살고 있는 자들이여!
목뼈, 어깨뼈가 굳은 자들이여!
그곳에 들러 보아라
높은 곳은 간 데 없고 낮은 곳만 보일 테니

# 구름 때문에

빈 잔에 달빛 가득 채워지면
옛 여인의 구둣발 소리
귓속에서
도 레 미 파 솔 라 시 도

기다리던 그를 맞이하기 위해
바람에 헝클어진 머리칼과
긴장감을 손질
흘러간 세월을 감추기 위해

구름이 훼방을 놓으려나 보다
도 시 라 솔 파 미 레 도
또 어디로 따돌리려는 걸까
잔 속 달빛이 희미해져 간다

구름에겐 늘 대항할 힘이 없다
옛적, 님이 떠나는 그림자도
그랬거니와 그 후
실낱같은 소문마저 가려온 그

잔은 늘 한 곳에 있지만
좀처럼 달빛이 채워지질 않아
언제나 그녀의 모습 기다리며
찻잔에 시선을 꽂아 놓고 있다

# 구조요청

지심귀명례 시방삼세 제망찰해
상주일체 달마야중

달마조사여!
바쁘지 않으시면 열 일 제쳐 두시고
사바세계 남섬부주 해동 대한민국
한국불교문인협회에
한 번만 왕림해 주소서

물에 물 탄 듯, 술에 술 탄 듯
흐지부지한 협회가 명패만 있고
실체가 없으니 실망에 빠진 회원들
모두들 슬슬 등 돌리고 있으니
이것 참 야단 아닌가요

틀만 탄탄대로로 짜주고 가신다면
가실 적
오리표 털신이나 아니면
왕자표 고무신 몇 켤레 사드릴 테니
남부끄럽지 않도록 짜주시고 가소서

# 귀동냥

늪지 많은 섬에 살고 싶었다
이왕 절벽이 유난히 많은 섬
정글이 잘 우거진 천혜의 섬
가끔 역마살이 도지면 나의
섬을 보고 싶어하는 이들께
보여주기 위한 이동 가능한
섬 전체를 보따리에 싸들고
험준한 곳도 사양치 않겠다
박수소리 따라 내키는 인심
만족은 못 이루더라도
일백
팔십
육십
사십
이십
일십
아직 발설 안 된 것이 천만다행
과학으로도 불가능한 일을
내가 잠시 미치지나 않았는지
태속에서 귀동냥을 잘못 듣고
아! 절망이 너무 충격적이다

이 오탁악세와 또 한 생애를!
누이 좋고 매부 좋을 찬스를

# 귀의歸依

갓 피어난 연꽃이여!
지금 네 마음
비어 있음이려니
나를 네 마음 속에
담아주지 않으렴

세속世俗 온갖 것
나름대로 세척하느라
반 세월이 흘렀거늘
꽃잎 한 장
피어나지 않음이니

흙탕물 속에서 자란 건
매 마찬가지
성불成佛이나 다름없는
개화開花여
무슨 화두를 깨쳤느냐

연화세계로 너 돌아가면
나, 또 한 번
삼백예순날을
기다려야 함에
오탁五濁과 싸워야 함에

# 귀천

가까이 오지 마소서
나는 늘 혼자거늘

나를 부르지도 마소서
돌아보지 않을 것이오

나 조용히 살리니
흙에 묻힌 듯 살리니

삶이 비록 엇갈려도
귀천 없이 살리니

나 죽어도 이대로거늘
어찌 죽음이라 말하랴

# 귀환

바닷물이면 상하지 않으리
억만 년을 넘겨도 상하지 않으리라며
종족의 역사 물밑에 묻어두고
원대한 서원誓願 있어
떠나고 없는 공룡의 나대지
물렁하게 녹인 평바위 위에 새겨둔
저 각인들이 보이는가

변신을 위해 무생지대에 풀어 헤쳤던
행장
다시 꾸려
폭죽처럼 지진을 터뜨리며 출발을
예고하는 귀환 일보 직전

틈새를 비집고 들어 쑥대밭을 이룬
이적들을 향해 서서히
발걸음 내딛기 시작하는
영생불멸의 거구巨軀
신종 대공룡
공룡군恐龍群

타인의 영역에서 세균처럼 활보하는
침입자, 인류여!
지금 우리들의 축제가 마지막임을 어찌 할꼬
각인된 발자국 위에 묵직이 들어설
산맥 같은 몸집 앞에 피할 수 없는 투항
인류여! 그 길밖엔

# 그대 그림자는 빛보다 눈부시다

그대를 알기 전까지는
변덕스런 저 달을 가장 가까운
님이라 하였다가
그대를 알고 난 후
이제는 비록 떠나고 없다지만
그대만이 유일한 나의 님이라
생각하기에
어둠이 내리면 시공을 메운
그대 그림자 빛보다 눈부시어
나 항상 그대를 바라본다는 것이
눈을 감고 바라본다, 감을수록
그대 살 속 깊숙이 파고든다

# 그대 소리는 어디에

가장 멀리 있으리라던 그대 모습은
가까움보다 더 가까이 내
마음 속에 있음을 알았지만 연꽃 아니면
보리수 그늘에는 머물고 있으리라 생각했던
그대 거룩한 소리
우주 깊이 잠든 밤이나
몇 겹 땅거죽 벗겨낸 뒤에도 들리지가

당신의 그림자 밖으로 떠밀리지 않으려
무거운 새벽 일으켜 세우고 나면
누구의 서원인지 수평선 위에 피어오르는
빨간 꽃 한 송이
그 꽃이 지고 거듭 피어나도
들을 수 없는 그대 소리
염주가 넘나드는 손끝마다 노을은 타 드는데

# 그래도 네가 그립다

처음부터 가명으로 다가온 그녀
그녀는 이별에 대해서도
나보다 훨씬 성숙해 있었다

구름에 대하여
바람에 대한 것까지
철저하게 나를 압도하고 있었다

그녀가
하늘을 열어놓은 채 줄행랑친 것도
처음부터 계산된 이별이었다

내겐 지금 수혈처럼 비가 필요하다
외투 주머니
빗물을 가득 채워야 하니까

그녀는 결국 완벽하지 못했어
내 외투 주머니 속
제 지문이 빠뜨려져 있다는 사실

열린 하늘은 언제 닫혀질까
그녀의 지문이 떠오르면
곧장 표구가게로 달려가야 하는데

# 그럴지어다

풍랑 속
만 구도자여
배에서 내리지 말지어다
널빤지를 떼내어 도망치거나
무거운 짐 더 보태지 말지어다
겨울에는 바람
여름에는 비를 막는 구조 외는
어떤 명목의 도량도 삼가할지어다

두 손을 모으는 자는 구도자나
구도하지 아니 한 자 두루
부족함의 증거이나니
명을 잇는 데 필요한 것 외는
거두지 말지어다
갖다 바치지 말지어다 혹, 그러할
여유라면 쇠퇴한 이웃에
명줄로 보탤지어다

벽면에 탱화가 없으면 어쩌하고
벽 아래 불상이 없으면 어쩌하고
수행에 과분한 불사를 핑계

누구에게 무어라도 요청하지 말지어다
읽고 듣고 배워 행하면 되나니

마음 속에 고색창연한 탱화가 있고
괘불이 있고
살아 있는 남과 나의 부처가 보이고
보살도 보이나니
눈을 떠 벽을 바라보지 말고
눈 감아 마음의 벽을 볼지어다

곁눈질하면 차안의 길
삿된 것 다 칼로 베어낼지어다
사부대중이여
본래의 말씀만 받들어
온 바다 풍랑을 재워낼지어다
힘차게 노 저어 만중생 다 함께
피안에 가 닿을지어다

# 그리움

가을이 와 닿는 곳에
허공의 그리움
거기 와서 머문다

이파리마다에
하이얀 손수건이
불그레한 그 얼굴이

낮엔 수줍어
어둔 밤에 말해 올까
귀뚜라미처럼

몇몇 날 귀 기울여도
야속히
소슬바람만 스치는 소리

한 웅큼 웅어리
열병으로 달아오르던 날
다행히 무서리 내려

늦가을 비 오는 저녁

노을보다 붉게 탄 낙엽
한 닢, 두 닢
강물에 띄워 보낸다

# 그리움, 바람 되어

어디서 온
누구의 그리움일까
파도를 끌어 모아 무등을 탄

파도는 바람을 내려놓은 뒤
오륙도를 뒤로
썰물로 사라지고

땅거미 진 용두산을 잠수
타워에 올라
도시의 불빛을 탐색하는 바람

남포동에도 해운대 쪽에도
창문 열고 손짓하는
불빛이라곤 없어

# 그립던 집

병원에서 집으로 쫓겨 왔다
그 놈의 3주제도 때문에
이 병원, 저 병원 떠돌다가
차라리 집에 가서 죽자 하고
이빨을 갈고 왔다
베란다 나무들은 말라죽었고
달력은 석 장이나 포개져
삼단 섹스를 즐기고 있다
누가 좋아도 좋으면 됐지
당분간 구제불능의 나

# 그 사람

뜨겁게 타오르는 사랑이기에 언제나 뜨겁게
바라보아야만 하는 그 사람
사랑이 안개로 변할 수 있다면 안개 속에
가둬놓고 싶은 그 사람
가끔씩 아주 가끔씩 만나야만 하는 아쉬움은
안개를 구름으로 돌려놓는 일이다
구름이 제 무게를 견디지 못해 빗물 펑펑
쏟아내게 하는 일이다
인생은 매달릴 데 없이 세월의 맨홀 속으로
자꾸만 빨려 들어가고
어쩐다지
아무도 내게 해결책을 말해 주지 않으니
나 혼자 어쩐다지

나는 나에게서 가장 강경한 답을 얻어냈다
그 사람이 무덤 속으로 들앉을 때까지
기다린다는 것
매일같이 도시락을 싸들고 꽃을 사들고
무덤으로 달려가면 만날 수 있으니까
그 사람도 나를 몹시 기다리고 있을 테니까
무덤가에 빈 화단을 만들어 두는 일도 잊지
않아야겠다

# 그 이름 최영숙

어제도
오늘도
해는 동쪽에서 뜨고 내 그리움
서쪽에서 떠오른다
봄비 내릴수록
내 고향 하늘 아래 님만 있다면

화마처럼 덤벼드는 그리움 따라
빈 걸음인 줄 알면서
그래도 찾아가는 낙원골프장
그녀에 대해서 아무도 모른단다
그 곳 낯익은 고목들도

설사
내 이름 잊는다 해도 잊을 수
없는 이름, 최영숙
비록
이 지상을 떠난다 해도 두고두고
짐승처럼 불러댈

눈을 감고 가슴 속 더듬다 보면

빛 고운 사리처럼 동공을 뒤집을
내 아니면 볼 수 없는
그리움의 결정체를 숨겼다가
갈 때는 절대 빈손이 아니기를

# 그쟈, 맞재

지난 밤 꿈이 저승이고
이 낮의 율동이 이승이며
다가올 밤 꿈이 또 저승이려니

저승 가면 그곳이 이승이고
지금 이 이승이 저승 아닌가
그쟈, 맞재

끝이 없으니 매듭이 없어
돌고 돌다 달라붙는 육신
보이는 형상은 떡고물 같은 거

이승의 문을 봤나
저승의 문을 봤나
그냥그냥 아장아장 걷는기라

# 근거 없는 호칭

알맹이는 그런대로 배어든 것 같지만
쭉정이의 호칭이 항상 마음에 걸린다
신도는 어디까지나 신도며
스님은 맞는 말
헌데 보살이라는 호칭이 수상하다
깨우친 자들의 호칭을 누가 언제부터
도용했는지 부처님도 모르는 일
시주에 끌려 신도들께 과분한 호칭을!
신도들을 보살이라 하면 스님은 부처!
불국토가 코피나기 전에
알쏭달쏭한 호칭보다 정리함이
신도는 어디까지나 신도
스님은 스님 그대로되
만 리 밖을 볼 줄 아는 이는 보살로
보살이 만 리 밖을 보면 부처라 하여
캐캐묵은 불상만 모실 게 아니라
살아 숨 쉬는 부처님을 발굴함이
가장 절실하다고 생각들 해 보시기를

# 금강선원 마애불

솔숲너머 어렴풋 속세는 조는데
오탁 지울 솔향은
뉘 서원 이룬 회향의 향기런가

정수리 깊이 도사린 번뇌
돌계단 위 마애불 뵈올 길 없었나
달아나는 걸음 바쁘다

억만근 금정산을
소짓장처럼 짊어진 부처님 전
바람도 무릎 꿇나니

암만 봐도 빈 듯한
님의 감로수 병
바라만 보는데도 마른 목 촉촉쿠나

뛰고 굴린들
내려앉을 구들장 없고
세상 것 다 넣어도 남는
벽 없는 방 하나

끝 없는 천정은
도배하지 않아도 푸르러
이 몸 날개 없이도
하루에 반은 날아다닌다

# 금연

각선미는 없어도 언제나 나를
매료시키는 그녀
그녀는 시시때때
제 몸을 뜨겁게 달궈 주길 바란다
지금도 속옷만 입고
내 곁에서 떠날 줄을 모르는
거머리 같은 존재
이제 더 이상 만나지 말자고
그렇게도 일러주었는데
제 몸을 얼마나 달구고 또 달궈 줘야
만족해 할지
여인이여!
제발 겉옷을 입고 돌아가 주오
눈물을 머금으며 말하노라
여인이여!
영원히, 영원히 날 찾지 말아다오

# 기다림 · 1

기다리는 마음은 사랑입니다
마냥 기다림보다
맨발로 찾아나서는 것은
행복입니다
험준한 산을 넘어서고
거센 파도를 넘으면 넘을수록

기다림을 찾아 나선다는 건
그것은
고통이라 할 수 없는
춥고 허기가 져도 행복입니다
기다림은
말장난의 사랑이 아닙니다

# 기다림 · 2

가뭄에 장대비 내리듯
그대 나타난다면
나는 미친 듯 깨춤을 추리라

빈 집에 연기 나듯
그대 나타난다면
나는 벌거벗고 춤을 추리라

올 수 없는 사정이라면
사연이라도 알려 줄 일이지
기다리는 사람 안중에도 없는

한 세상 다 풀려가는 이 마당
한풀이 춤이라도 출까나
한 번 가면 못 오는 줄 알면서

# 기적의 땅 남한에서

오천 년의 유품, 백옥 같은 두루마기
총칼에 싹둑 잘려
피범벅 된 살점과 함께 동강난 지 반세기

외세의 노략질로 하나밖에 없는 조선옷은
섧도록 눈물 절인 투피스로 둔갑
거기에다 허리춤엔 통한의 무쇠 허리띠

젖줄까지 말라붙은 저 밀폐된 윗도리 속은
창자도 기아
자유도 기아

비만으로 실밥 터져
생쥐들도 떼거리로 다이어트하는 기적의 땅
철마는 한껏 싣고 달리고 싶다지만

기적을 꿈꾸는 자들이여
원자로 아궁이를 진흙으로 메워라
총포를 제다 녹여 거미줄처럼 레일도 뻗쳐라

# 기회

사미율의도 독파하지 못한
그저 삭발만 하면
저기서도 스님
여기서도 스님

나는 사미율의를 독파하여
초심자들에게 전하고파
삭발하려다
아! 불호령을 내리신 아버지

이젠 단풍 곁에 서면 단풍!
그때만 해도 초록이었거늘
어차피 아버지처럼 초라하게
가실 바엔 종적을 감출 걸

아버지는 나를 거지로 만들고
아버지는 나를 고통 속에 가두고
아버지는 나를 바보로 만들고
아버지! 이젠 때가 아니외다

# 긴, 겨울밤

봄밤은 새순들이 야금야금 먹어치우고
가을밤은 귀뚜리가 먹어치운다
긴 밤이라고 아무도 접근하지 않는
겨울밤
그녀와 내겐 겨울밤도 너무 짧다
모든 세상 불빛이 꺼지고
바람마저 잠들면
그녀 곁에 가기 위해 횃불 밝히는 동공瞳孔
별까지 내몰고 나면
광 속에 갇혀 있던 묵은 추억
샘물처럼 솟는 나만의 밤
그리움의 정확한 거리는 잴 수 없지만
저쪽 길 끝에서는 그녀
이쪽 길 끝에서는 내가
자정쯤이면 중간에서 만날 수 있겠지
관절이 빠지도록 달려간다면
늦어도 꿈이 덮치기 전 만날 수 있겠지

# 길 커피

내 계속 걸어온 길 이것뿐이 안 되는가
여태 끌어 모은 것
이것뿐이 안 되는가
겨우 종이컵의 7부!
풀어진 근육이 짙기도 하다
아름답던 미인들이여, 분장을 했느냐
늙은 모습이 뭐가 좋다고?
블랙으로 변하기까지 수많은 사연들
어찌 7부만 되겠는가
마담의 요술이 퍽이나 욕심이 난다
원래대로 돌려놓을 수 있을라나
이제 겨우 세 모금째
족히 세 시간은 지나간 것 같다
매화나무가 길게 늘어서 있는 길가
용케도 꽃잎 하나 컵 속에 떨어진다
아직도 내게 남은 행운이 있단 말인가

# 깊이에 대하여

옹달샘보다 우물이 깊고
우물보다 호수가
호수보다 바다가 깊다 한들
하늘 깊이에 비하랴

하늘 깊이보다 더 깊은 것이 있나니
사람의 마음임에
모두는 물과 공기로 가득 차 있지만
사람만은 다르다

헌신하는 생각이 차 있는 자들보다
전염성이 강한 부정부패가
틈만 생기면 파고들 것이니
항상 방심하지 말아야 함이라

그 깊은 마음에 부정부패가 싹트면
메르스보다 빠른 위험이 있을 즉
문단속을 잘하라
남에게 맡기지 말고 본인이 지킬지어다

## ㄴ

# 나

나는 어디서 왔는가
누구의 심부름으로
여기까지
오게 되었는지

누구의 거대 확장한
손바닥 안에서
오뚝이 신세가 되어
놀림을 당하는지

재미는 저 혼자 보고
우울할 때마다 꺼내어
껄껄 신통방통하는
철면피

이제부터 너는 너
나는 나
손바닥에서 내려다오
주민등록번호 삭제, 요

# 나그네 인생

부르는 곳 없어도 쉴 새 없는 발걸음
때가 되어도 허기를 모른 채
어디서 왔다가 어디로 가는지조차
운명의 차림표는 빈 칸 하나 없어
나는 바보도 아닌 천재도 아니거늘
구름아 바람아 너희들 먼저 가거라
꿈에서나 있을 법한 나그네, 나 여기
있음이니 나를 부러워하는 자들이여!
달 밝은 자정에 계수나무 아래서
나, 드러누워 휘파람 불고 있을 터
누추하다 생각되면 그냥 돌아가시오

# 나는 누구인가

누구인가
도대체
'나'는

남같이
병이나
같을까
그 외는

끌려다니며
당하는 고초
무너져가는
인생

나는
누구인가
도대체 나는
무엇 하려

성할 때
가야지
가서, 다시
알아 와야지

# 나루

할 일이 없어 빈둥빈둥
한평생 게으르게 그냥
세월을 보낸 게 아니라
그 동안
날 따라다닌
그림자들도 무수히 많아
나름대로 잘 해냈구나

꽉 막힌 나락은 아닌 것 같아
간신히 지옥은 면하겠다만
갈 날 언제인지
이제라도 허술한 나루터에
알맞게 풀도 베고 이승의
답례 준비나 말끔히 해 볼까

# 나만의 지구

세상에서 제일 큰 애드벌룬을 내게 준다면
나는 그걸 공중에 띄워
세상에서 제일 작은 지구로 둔갑, 천만년쯤
나 혼자 살 것이다
텃밭도 만들어 소작도 하고 이웃 지구와
유대, 아무래도 손 벌릴 일 많을 테니까
하루라도 빨리 떠나고 싶은 이유는, 나라
살림, 기업 살림을 제 것처럼 여기는 파렴치한
작자들이 많아서, 숨통이 막혀서며
고관대작들의 머리가 두 개라는 점이다

# 나무

나무야 울지 마라
그렇다고
눈가도 적서서는 안 된다
네가 울면
내가 울지 않을 수 없어
눈가마저 적셔야 하니까
살 만큼 살았다만 그 님
그래도 만나고 싶은 마음
천 년인들 족하랴
꿈 속 얼굴마저 지워진
옛 님!
나무야, 제발
빗물을 아래로 쏟지 마라
내게 남은 건 평생 흘린
눈물뿐이라서 회석되면
나 또 밤새도록 뜬눈인 걸

# 나무 의자

잘못 다루다가 미세한 상처라도 날까 봐
아예 가깝게 다가가기 조심스럽다
분만해 있을 동안 겪어보지 않은 자는
고통은 듣지만 실감은 못 느낀다
못이라도 잘못 박힐라나?
흠집이라도 생겨 평생 불구라도 되려나
청년기가 지나면 표 나게 달라지는 체질
호랑인들 별 수 있으랴!
사방에 계급장이 생겨나고
균형이 불규칙하고 그러다가 수리센터에
가면 사형 선고를 내린다
별 수 있나. 화장막에 가서 태우고 나면
의자는 사리라도 나오지만
사람은 욕심으로 평생을 살았기에
그 죗값의 증거로
풀풀 날리는 잿가루 뿐이다

# 나무 해수부처님

나 죽은 후 오동나무로 작은
부처를 만들어 바다에 띄워줘요
옻칠은 많이 하면 할수록
부패하지 않음에 오래 가잖아요
육지에서 띄우지 말고
수심 깊고 배들의 운항이 잦은
한바다에 북을 울리며 띄워요
바다에서 일어나는 모든 사고를
방지하여 주리니, 그리고
시주하는 자들도 땅, 공중 모든
사고들을 미연에 막아 주리다
나, 비록 반야심경 겨우 습득한
재가 불자에 불과하지만 불상만
만들어 띄워준다면 즉시
성불하리니 이 시詩를 발견한 자는
누이 좋고 매부 좋은 격
수천 수만 년의 안락을 누릴
불사佛事에 어이 동참同參을
마다하리오
 '나무 해수부처님이시여!' (세 번)

# 나의 괴물차

시간은 나를 삼등실 뒷자리에 태우고
지루하게 내달린다
폐기장 같은 공간에서 부대껴야 하는 고통
간혹 마취제 대용으로 섹스를 선택하지만
출구가 없고
창문이 없고
승무원이 없고
안내문이 없는 괴물이 만든
괴물차

태울 때는 강제로 태웠다지만 내리는 일은
내게 맡겨 둘 만도 한데
위기일발을 국수 가락처럼 뽑아내면서
부여된 것은 아무 것도 없다
찢기며 부러지며 끌려 다니는 대이동
마취제 대용도 바닥난 이쯤에서
동반 추락이냐 동반 폭발이냐
아첨하노라 괴물차여, 위대하신 괴물이여

# 나의 만족

먼 산 위
흰 구름 소꿉장난하듯
아슴아슴
내 머리 속
불분명한 형체 덧난다

마치 꿈인 양
엑스트라들이
아귀다툼을 일삼는다

살아온 날 절반이
나를 헷갈리게 하니
오늘, 이 정도만 해도
이승 보람, 후회 없이
부처님 머슴살이라면
양호한 것 아닌가

# 나이팅게일

적적할 때 너라도 이렇게
곁에 있어 주어 다행이다
네 화색이 변할수록
연정을 감지!
내 마음 달아오르는 것은
너무 당연한 일
극치에 다다르게 해 놓고
꿩처럼 달아날 것 아닌가
사랑한다 나이팅게일!
오, 모두의 나이팅게일!

산을 씹는 이기주의 공법
깊은 숲속까지는 삽시간
나이팅게일은 혼비백산
들난 세상에 익숙지 못해
신神의 애송이만도 못한 몸
내게 매달릴 일이 뻔하다
아니지! 내 먼저 산 아래로 내려가
로봇의 관절들을 뽑아야지
개미 한 마리라도 다치면
지구는 물구나무설 수밖에

# 낙엽

고즈넉한 오솔길
나를 미치고 환장하게 하는
요녀들의 마지막 몸부림
어디에서부터
어떻게 하란 말인가

해마다 이 계절 이맘때면
나의 감성感性이 꿋꿋이 일어선다
내가 대신 나뭇가지가 되어
저들이 다시 매달릴 수 있게만 된다면
그럴 수 있다면

떠날 때가 되면
저토록 아름다운 치장이 필요한가
아!
괜시리 그 사연을 모르고
나, 경솔하게 환장을 했었구나

잘 가라!
그리고
훗날
우리 다시 만나
전생前生의 이야기꽃 실컷 나눠 보자

# 낙엽에게 기도를

곱게 물든 단풍잎들을 보고
아름답다고 너무 감탄하지 말아 주세요
그들은 모두가 하나같이
죽음을 눈앞에 두고 있잖아요
병상에 누워 죽음을 기다리는 자者를 보고
감탄하는 것과 무엇이 다르겠어요
그는 괴팍한 바람을 일으켜
아직도 살아갈 길이 먼 푸른 잎들까지
먼 세상으로 밀쳐내고 있잖아요
가을은 잠시 우리들의 눈을 속일 뿐
그는
우리들의 마음을 휘젓는 파렴치한 속물
제다 지고 나면 우리들의 가슴에
구멍 하나씩 뚫어 또 다른 가면을 쓴 채
칼바람 앞세워 언제 귀 하나씩
잘라 갈지 모르잖아요
마냥 곱다고 바라보고 있을 것이 아니라
곧 떠나야 할 그들을 위해
고운 만큼 죽음 이후를 위해 기도하세요
처음 세상에 태어났을 때는
우리들의 탄생과 다를 바 없었으니까
죽음 이후 또한 우리들과 다를 바 없음에

# 낙조

저녁 해는 강을 건너
꽃물 든 서녘에 몸을 눕히고
나만이 강가에 매여
가야 할 북망산 눈에 익힌다

푯말 하나 없는 길 별도 드물어
몽중처럼 헤맬 일
맘에 걸리나
황천 하늘 열리면 기뻐 날뛰리

# 난蘭의 비밀

꽃이 한창 피어오를 때
선물로 들어오는 난 화분들
받아 들여놓기가 민망할
정도의 추한 집과 일색의 난

화분마다 며칠을 못 버티고
시들거리다가 줄초상이다
해가 바뀌어 다른 집 난들은
새 촉이 곱게 눈을 뜨지만

갈색으로 말라 죽는 새 촉
꽃 한 번 피우기 위하여
이웃에 자문도 얻었건만
식구만 늘었지 밥값도 못해

하도 걸려 이웃집에 줬더니
이게 어찌된 일인가
나를 보자마자 생긋생긋
날 좀 보며 웃어 보란다

혼자 사는 집이라서
적적했던 모양인가
다시 들고 갈 수도 없고
들고 가 봐야 뻔한 일이니

# 난파선과 나

비바람이 멈추지 않는 삶
사나흘 걸러 대형 폭풍우
요동치는 어마어마한 배
뇌파에 정전 일어나면
삼위일체
삽시간에 뒤집히는 운명
아우성칠 입이 굳어
모기소리도 낼 수 없는
순간의 기구한 침몰
비바람아!
장난에도 죄가 붙는지라

# 날개

날갯짓 힘들어 보이긴 해도
저만한 힘 안 들이고
세상 어디를 가볼 수 있을까
그것도 무일전으로

말이 없으니 사연은 몰라도
회전과 회전 속도와
나는 높낮이를 보면 대충
병들면 인간보다 처참한 운명

천사 아니면
누가 날개를 함부로 달랴
천사도 생산하려거든 남자들도
알맞게 만들어야 짝이 맞지

세상 남자들이여!
우리들끼리 머리 맞댄다면
안 될 게 뭐가 있어
우선 천사의 조물주를 급조

이왕 만드는 조물주, 우리에게

불편한 건 떼내고, 끼니 걱정
안 해도 되는 조물주 한 쌍
만들어 모두가 천사이게 하자

# 남새밭

심는 대로 수확하는 사람보다
정직한 밭
인종 차별이 덜하고 저들끼리
귓속 말, 들릴락 말락
발걸음 없어도 뿌리로 나누는
그들의 정담
벌레가 와서 귀찮게 해도 그저
온몸 그냥 맡기는 살신성인

그래서 더욱 돋보이는 남새밭
촘촘히 뚫린 구멍이 우리들을
건강 체질로 이력을 바꾼다
나는 벌레 먹은 채소들을 선호
실컷 지어 실컷 먹고 싶어도
심을 만한 공간이 없으니 어째
그게 그거라도 남새밭 채소나
과일들은 어디가 달라도 달라

# 남해 南海

– 고성만

동에서 서
남해안 띠를 따라 통영 지나 우측
트인 듯 막힌 바다
호수 같은 고성만
장구섬
물레섬
유자섬
학섬
새섬
토끼섬, 섬·섬, 섬······

섬들은 한결같이 태초의 원년
꿈 깊이 들앉았고, 바다가 대신
숨소리 자아내고 있는 곳

삼천포 못미쳐 천년 고찰 운흥사를
품안에 안고 누워
길게 뻗친 용꼬리, 한겨울 내내
감아올릴 줄 모르는 와룡산 그 발치
태반처럼 따슨 바다

# 낮밤 없는 나의 하루

나의 하루는 장난 같지만 장난이 아닙니다
낮에는 미래와 현재의 급류에서 허우적대고
밤으로는 저인망으로 과거를 끌어 모아
귀한 것들을 골라 보기도 합니다
남들이 보면 이불을 덮고 아주 편안하게
잠들어 있는 것 같아 보이지만
정말 진땀납니다
벼랑에서 굴러 떨어지고
배와 함께 뒤집히고
코에는 콧물, 눈에는 눈물
어떤 여자에게 붙잡혀 추행을 당하고
마귀에게 들려 땅바닥에 패대기 쳐집니다
갑자기 소나기가 퍼붓습니다
개 같은 날입니다
내가 살고 있는 슬레이트 집 서까래가
토막토막 부러지고, 폭포 하나 생겨났습니다
물이 잠긴 곳에
창자가 들여다보이는 고기들이 헤엄쳐 다닙니다
둥그런 불덩이 하나 물속에서 치솟는 바람에
혼쭐이 나서 상반신을 일으켜 보니
그 괴물, 나를 보고 배시시 웃고 있지 뭡니까!

# 낮은 곳은 아름답다

끝없는 행렬
물장구 치던 아이들의 동심과
연인들의 꿈을 앞세우고
바다로 향하는 강물의 뒷모습이
석양에 눈부시다

물의 고향
청백리의 본토
가장 낮은 곳에 밀쳐졌어도 더
낮은 곳이 있으면 물러서겠노라
청색 기旗를 펼쳐둔 바다

수평선 하나 실낱같이 그어 놓고
황홀한 신비
몸 속 가득 무방비로 풀어 놓은
처음부터 나도 물의 몸 그대로
흘러들어야 했는데

# It's beautiful the low places

An endless procession.

Hanging out an infant heart of doing thrash
And a dream of lovers,
River flows to the sea. Its retreating figure
Is dazzling by setting sunbeam.

The home of water.
The mainland of upright officials.
If it is lower place than the lowest place
Where I was flowed, I must go there.
The sea which spread a blue flag.

Drawing a horizon like a thread,
It release
An enraptured mystery innocently within its full body.
If I could mingle myself into the flow
Just making my body as water originally.

# 내가 미우면

근거 없이 미워해도
원망하지 않으리라

가슴 쥐어뜯어도
피하지 않으리라

얼굴에 침을 뱉어도
닦아내지 않으리라

구둣발로 찬다 해도
그대로 맞아 주리라

헛소문을 퍼뜨려도
입을 막지 않으리라

그대가 하는 일에
일체 간섭 않으리라

그대여! 용서해 다오
이 생명 다 바치리

# 내가 아는 건

여자뿐이다
여자뿐이다
처음서부터 끝까지 여자뿐이다
뜬 눈으로 겉모습을 보고 나면
감은 눈으로 그 모습 그대로를
머리카락 숫자까지 상상해낸다
오히려 뜬눈으로 많이 보고 나면
상상세계를 떠올리지 못한다
여자가 남자로
여자가 남자로
처음서부터 끝까지 남자뿐이다
못볼 건 여자의 몸
볼 만한 것은 남자의 몸
여자들이여!
내가 아는 걸 시범해 보아라

# 내 고향 고성만固城灣

미끈한 양 다리 사이
도톰한 두덩
아래

통영으로 가던
바람도
삼천포로 가던 바람도

달빛에 들난
처녀막 통로를
밤새도록 애무타가
양수에 잠겨 숨길 멎었네

# 내 노래는

밤바다에 노래를 띄운다
해일이 지나간
블랙커피
그 적막한 찻잔 속 바다에

수평선 너머
어머니의 가슴을 적시고도 남을
밤이면
해안을 가득 메우는 내 노래

마주 앉아 있어야 할 사람
오늘도 돌아오지 않고
빈자리
그녀를 기다리며 지쳐 부르는

불빛이 어둡다
그녀의 눈빛을 볼 수 없는 날
그날부터 이 찻집의 불빛은
식어가고 있었다

벅수 같은 벽시계는 왜

우리들이 남긴 시간만 갉아먹고
약속의 숫자를 알려주지 않나

졸고 있는 불빛이여
말없는 벽시계여
내 슬픈 노래가 들리지 않느냐

# 내 여인

그녀는 인간으로 다시 돌아오지 않았으리
선택한 사랑 이루지 못했기에
그렇게는 쉽게 돌아오지 않았으리
고독이 지겨워 홍학이 되어
프랑스 남부
어느 연안에서 무리지어 살고 있지 않다면
멀리 떠나지 못하고, 백학이 되어
근처 솔숲에서 나를 지켜보고 있겠지
새가 되지 못했다면
새를 닮은 해오라기 난초꽃이 되었거나
아니면 내가 쉽게 찾을 수 있도록
잎 다 털고 고개만 내민 상사화 꽃이거나
그녀는 낯선 하늘에 머물지 않을 것이네
못 다한 정열마저 태우기 위해
칸나의 몸으로 태어나 이른 여름부터
가을까지 지천에서 기다리고 있다거나
어디에 있든 그녀는 살아있고
무엇이 되었던 이 땅에 있을 것이네
온갖 꽃, 온갖 새 유심히 들여다보아도
아직까지 그녀를 찾아내지 못한 이유는
눈가에 흐르는 미소와 바알간 볼

어디에도 유사한 점 하나도 없었기에
또 한 해가 가려나 보다
떠날 채비를 하고 있는 갈대꽃 무리들
아름답던 여인, 고운 내 여인아!
겨울엔 어디로 가서 그대를 찾아야 하나

# 내 죽어서 바위 되리

이 몸 죽어지어
바위 되거라

그래서
설혹 이름 없는 산꼭대긴들 어떠랴
억만 겁을 버티어라

비바람 몰아들이친들 어떠랴
벼락불 떨어진들 어떠랴

무시로 지저귀는 산새 벗삼고
초목 바라보며
무극으로 버티어라!

# 냇가에서

누구든지 얼른 이리로 와서, 내게
바람이 되어 주세요
냇가 맞은편 가로수에서 지금 막
낙엽 한 닢 떨어지고 있어요
그는 혼자예요
나도 혼자고요
그와 내가 늘 마주보고 지내다가
정이 들고 말았지요
어차피 떠나고 말 일
누구 빨리 와서 바람이 되어 주세요
우린 서로 만나
더 넓은 세계로 떠나야 해요
아름다운 곳에서 함께 살아야 해요
어서 빨리 바람이 되어 주세요
그곳에 가서 잊지 않고
통신으로 불가능하면 꿈을 통하여
밤마다 좋은 소식 들려 드리겠어요

# At the riverside

Is there anyone who come to me and could be

A wind for me

A leaf just comes down from

The roadside tree across the river

She stayed there alone

I'm also alone here

She and I grow intimate,

Since we have sat face to face

At any rate, we should leave this world

Is there anyone who come quickly and

Could be a wind for me

Let's meet each other and

Leave for broader world

We must live together in a beautifull place

Come quick and become wind for me

When we get there

I will not forget to give you

Good news every night through a dream

If it will be impossible through correspondence

# 너를 보면

코스모스
내가 너희들과 함께하는 날은
종교보다 진한 환희에 젖는다

코스모스
하늘이 해체되어 멀어질수록
너희들의 미소는 더욱 찬란하고

코스모스
하느작거리는 너희들 몸짓에
내 녹슨 영혼 사슬을 풀고 나오는구나

코스모스
유난히 짧은 삶 중에 너희들 만큼
아름답게 살다 떠나는 삶은 없으리

안녕
나는 너희들로부터 향기를 묻혀
사랑이 궁핍한 내 처소로 돌아가련다

# 너를 찾는다 해도

담쟁이 덩굴로 태어나 천 길
뿌리를 내린다면
너를 만날 수 있을까

줄기를 뻗쳐
만 길쯤 허공을 파고들면
너를 만날 수 있을까

곡예사처럼 담을 타고 가다
너를 만나도
너는 나를 모를 일

이파리 꺾어
네 창문틈에 밀어넣어도
너는 나를 모를 일

차라리 너를
칭칭 감싸안고
동굴 속으로 숨어들 수 있다면

# 네가 있기에

묵직한 오동 나뭇잎이여! 마치
지구의 비늘이 떨어지듯
내려앉는 네가 있어 자고 이래
만사를 믿고 히죽거리며 산다
세상일 어디 입 다 열어
마음 놓고 웃을 일 있던가
너와 나 사이 싱거운 게임 외
생사 동반을 즐길 친구!
자네 말고, 나 말고 뉘 있겠나
떠날 마음 생기면 꼭 연락하렴

# 네 이름은 하루

어둠과 어둠 속 작은 불씨와
나만을 팽개치고 가는
네 이름은 하루

너는 내 모든 것을 빼앗아
최초 하루가 누운
전설의 공동묘지로 도망치는가

매섭게 아주 매섭게
면피를 후려치며, 모두의
가슴살을 뜯어 줄행랑치는 너

너는 사랑했던 내 애인과
누이와 아우
코흘리개 아이까지 챙겨갔기에

너를 바라보는 나의 눈은
항상 붉은 빛이므로, 나는
갈대꽃처럼 핏방울 흩날린다

내 팔목에 뛰고 있는 시계와

팔목의 혈압을 중지시키고, 너를
추적하고 싶었던 순간들

너를 만나면 보여줄 문서
더는 여백이 없어 머리카락마다에
허연 자막을 매달아가고 있다

# 노숙자의 노래

한겨울, 대추처럼 쪼그라든 노숙자
볕살 넘치는 이 계절 온몸 펴겠다
향기 은은한 아름드리 꽃을 피우면
멀리서 벌과 나비 날아와 비틀비틀
흥겹게 돌아가게 하는 너는 누구냐
세상을 손에 쥔 이팝나무 아니던가
식솔 몰래 집 나온 길 잃은 기러기
너를 찾아 나섰다가 방향을 잃었지
가자 가자, 어서 가자 내 살던 곳에
아내와 아이들이 기다리는 곳으로

# 노심초사 勞心焦思


어머님 백발 숲 아래
언제부턴가 날고 있는
기러기
세 마리

날갯죽지 쫘악 뻗는 걸 보면
금방이라도
내 어머님 낚아채어
북망산으로 떠날 것만 같아

# 녹슬지 않는 못 하나

나, 진작 몰랐었지
조물주란 자를 믿은 게 잘못이었어
입영 즉시 소식 전해 달라며
예쁘게 접어 건네주던 그녀의 주소 쪽지
날이 갈수록 안개꽃처럼 써 보내온 글씨
향기 더욱 짙어짐에 가슴 뜨끔하였지
벌써부터 내게 애인이 있었다는 말
해 주었어야 했는데!
그녀의 가슴 더 달궈지기 전에 단념시키려
국어사전을 몇 번이나 뒤적거렸지만
답은 내 마음 속에 들앉아 있었음에
귀를 자르는 아픔을 참으며 작전개시
소총보다 더 강한 수류탄
단 번에 해치우려 뇌관을 뺀 마지막 편지

제대한 지 십수 년 후
내 귓속 깊이 파고든 소식 하나
온몸 쑥대밭이 된 그녀가 꽃 한 번 제대로
피워 보지 못하고 몽유병에 걸렸다고
부처님과 하나님은 코만 골며 잠들었던가
나, 그녀의 행복을 위한 투척이었을 뿐

대항할 무기도 없는 그녀를 쓰러지게 하려
한 건 아닌데
수년 후, 바람에 끌려가던 소식 또 하나
귓속을 마구 찔렀지
영영 떠났다고 아주 멀리 영영 떠났다고
이제는 내가 홀몸 되어 그녀의 아픔만큼
모진 세월을 겪고 있나니
부처님이여! 하나님이여!
어서 깨어나소서

# 누드의 계절

나무들은 봄비에
옷을 입고
나무들은 가을비에
옷을 벗는다

꽃과 향기와
의상이 벗겨진 건
사람과 닮은 꼴

야누스 같은 누드
겉만 번듯했듯
요조숙녀는 아닌

지난 여름
기승을 부린 무더위는
가면을 쓴 저들의
열애 때문

심성 또한 어떠하든
이 만수판에
세워도, 세워도
내 물건은 종무소식

# 누이 생각

적적하다는 말뜻을 뻔히 알면서
국어사전에서
눈이 따갑도록 확인을 했는데도
그래도 안개 속에 가려
도저히 모르겠다
이상야릇한 삼매경에 끌려들어

경남 사천시 서포면에 살고 있는
막내 누이가
5남매 중 나를 제일 생각해 주는
막내 누이 남림南林이가
옷 두어 벌, 가방 속에 챙겨
바람도 쐴 겸 며칠 쉬다 가란다

홀아비로 살아가는 오라비가, 항상
목에 가시 걸리듯 맘속에 걸리겠지
그래, 가마!
매 번, 시간 내어 한 번 가마 해 놓고
몇 년이 지나도 못 가는 건
부담 지울까 싶어, 눈물 날까 싶어!

집안에 길흉사라도 나면, 그제야
오랜만에 얼굴 한 번 보는 게 고작
만나면 속으로 울고
헤어지면 보내놓고 눈시울 붉히는
참 못난 오라비
또 눈시울 촉촉, 고맙다 내 누이야

# 누이 좋고 매부 좋고

이기적이고 각박해져 가는 세상
그래서 떠나고 싶어도 쉬
떠나지 못하는 건
가는 곳마다 인사를 많이 받기에
그 답례 때문
이들이 나의 발목을 잡고
풀어주지 않기 때문
골목시장 어물전 앞을 지날 때면
거의 상한 해산물들도 내게 절
식육점 앞을 지날 때면
쇠갈퀴에 매달려 피를 흘려가며
벌건 핏덩이들도 나를 보고 절
절이란 몸과 마음을 일치시켜
하는 게 올바른 모양새인데
각박함이 급히 상승할수록
나는 가는 곳마다 마음의 절을
더 많이 받는다
어느날 방파제에 나갔더니
낚시꾼들의 낚시에 걸려
죽음이 눈앞에 있는 줄 알면서
그들은 나를 보자마자 오체투지

온종일 가는 곳마다 절을 많이 받아
무거워도 참고, 집에 들어서면
법당에 먼저 들러 받아온 절
삼존불 앞에 엎드려 4분의 1씩
사이 좋게 나눈다 양이 많아 좋다

# 다솔사*의 오후

대양루는 늙어
속살마저 거친데
말없는 해
나트막한 산등을 따라
부평초처럼 떠가고
부처님 누워 계신
적멸보궁
고요하다 못해 한 폭의
탱화로구나
내 눈과 상념
보궁 벽 봉창 너머
사리탑에 꽂혔으니
처마 끝에 풍경아
나는 어쩌란 말이냐


*다솔사 : 경남 사천시 곤명면에 있으며 부처님이 누워 계심

# 다시 찾은 남포항


공룡의 숨결 잔잔하게 밀려드는
남포 해안
억 년 전, 새들이 일군 바람
지금도 소올솔 남산을 거쳐 예까지 닿아
사랑하던 사람 떠나고 없어도
나 외롭지 않네

부산배 비룡호, 그날의 마차들
세월 속에 들앉아 꾸벅꾸벅 조는 사이
남포 아이 반백 되어
밀레니엄 옴싹 안고 배안에 다시 섰나니
오, 오라 저 푸른 바다에
새벽마다 굵은 태양 치솟게 하려네

# 단비

지표를 목탁처럼 두들겨 대는
비
갈증을 잠재우기에는 소리도 한 몫

깨달음의 진액津液인가
하화중생下化衆生을 향한
낮고 낮은 곳으로의 숙연肅然한 흐름

창자를 지워낸 불구덩이 같은 강에
흥건히 고여든 가피加被
무명無明의 수초手草들이 관절을 편다

낮다 못해 천해 빠진 흙탕물에
청아하게 피어나는 연꽃
이 무슨 다라니라 이름 하나 붙여볼꼬

# 달개비와 윤회

누렇게 죽은 주검 위에 겨울비 내려
영하의 기운이 그들을 더욱 더 압박했다
지난 여름철
달개비꽃들이 이구동성으로 내게 말했다
우리들이 얼어 죽어도 슬퍼하지 말라고
땅속 깊이 숨겨둔 심장이 뛰고 있으니
봄이면 같은 번지에서 같은 모습을 드러내어
그리움에 지친 자들을 달래주겠노라고

겨울은 저들끼리의 싸움에서 서로가 패전하고
달개비들이 말했듯 봄이 되자마자
느릿느릿 세상 밖으로 모습을 드러냈다
삶과 죽음이 따로 없는 이치를
만지면 뭉개질 것 같은 그들에게서 배웠다
우리들의 죽음에도 불씨는 살아 있다
가부좌를 틀고 있으면 뭣하랴
삶도 죽음이고 죽음도 삶인 것을

# 달에게

아사지경 굽은 달아
타작마당 콩대처럼 늘린
내 그리움
네게 모두 도둑맞기를 원한다만

마른 호수
넘치도록 채워 둔 내 그리움
네 양식 되기를 바란다만

나에게는 짜고 매운 맛이어도
너는 혀가 없어
콩국처럼 훌훌 그냥 들이키면 되는 걸

굳어서 딱딱해지면
너도 못 먹을 일
나에게만 끝내 화석으로 남을 일이네

# 담쟁이덩굴

애들아, 저 아래 대궐집 담장 좀 보게
느릿느릿 넘어가는 객, 도둑떼 아닌가
책장 넘기는 소리, 바람소리보다 약해
달빛이 아니고서는 무슨 재주로
규수방을 엿보랴
오늘 따라 중창이 유난히 밝아서인지
지름길 향해 잘도 넘어가건만
깊은 야밤, 어느 규수가 밤을 지새나

# 당신의 양羊을 위해

당신이 밝히시는 묵시默示의 점등이
밤하늘을 수繡놓았다 해도
가슴만 뜨거울 뿐 길을 찾지 못하나니
오매불망寤寐不忘 당신의 이름으로
돌무지에서 헐떡이는 저 어린 양에게
풀잎 넉넉한 초전草田을 만나게 하소서

나는 비록 이도異道의 접경接境 너머
무상無常한 객客이오만
당신의 영역領域을 스쳐 지나다가
보았기로 한 마리 몸부림치는 가련함을

이 마음 유독 거기 머무름은
원망스럽게도 나의 걸망엔 바람뿐이라서
마음자리조차 구름뿐이라서
천지가 사르르 달을 베고 눕는 시간
그에게도 베갯잇에 은총恩寵이 스며
당신의 보살핌이 그릇되지 않게 하소서

# 대한의 장미

세계 선진 대열에
깃발 든
오늘의 조국은 너희들 것

누가 묻거든 난 정신대였다고
떳떳하게 말하라
한 점 부끄러워 마라

# 덫

내 가는 곳마다 천지 창조주도 모르는
덫을 설치해 뒀다
귀신은 물론 설치한 나도 기억 못하는
훤한 세상에 우중충한 사랑의 덫
다치지 않고 걸려들어야 할 내 사랑아!
여름에는 그늘, 겨울에는 양지를 조심
나아가 남자들한테는 눈길도 차단할 것
띄엄띄엄 놓았지만 벌써부터 동이 났다
저인망 같았으면 그 동안 수차례 걸어
올려보았을 텐데, 내 생명 둘 중 하나

# 도무지

내 생각이
산에 가 머물면
내 몸은 산이 된다

바다에 가 머물면
바다가 되고
허공에 가 머물면
허공이 된다

단지 내 생각 아무리
그대에게 가 있어도
그대
내 몸이 되지 않는 건
무슨 영문인지

# 도심 속 산에 올라

찢어진 푸른 깃발이 저 멀리
명석처럼 깔려 있는 것 외는
낮으나 높으나 벌집뿐인
항구 도시
벌들이 드나드는 길까지
거미줄처럼 엉켜 있다
풀이 죽어 바위에 앉아
고개를 떨구고 있으니
아니나 다를까
바늘귀만한 개미새끼들도
저마다 집이 있었다
한숨 한 번 크게 쉬고
바람 불면 부는 대로
비가 오면 오는 대로
남은 여생, 그냥 그렇게
살자며, 키 큰 오리목 나무를
올려다보니
그 곳에도 둥지 하나 있었다
하늘 더 높이 올라가면
나도 둥지 하나 차지하겠지

# 도심천 都心川

날더러 쉬었다 가란다
쉬엄쉬엄 그렇게 가란다
냇물은 아래로 흐르고
세월은 위쪽으로 흐르는 세상

빨리 가나 천천히 가나
도달할 시간은 정해진 바
비지땀을 흘릴 필요가 있냐고
세월이, 냇물이 이구동성이다

천변에 띄엄띄엄 설치해 놓은
가지각색의 의자들
가지각색의 인생을 아는 양
그들도 역시 앉았다가 가란다

벚꽃은 왔다가 사라진 지 오래
원추리 무리들이
목적지를 향해, 저들끼리
팔짱을 끼고 계절을 익혀 간다

# 독도를 사수死守하라

할 일 없어 낮잠 자자니 눈치 보이고
제 살 뜯고 있는 정치인들이여
초발심으로 돌아가 뭔가를 이루어라
친일파들의 재산을 송두리째 환수하여
독도에 다리를 놓는다든지
부족하다면 섬돌이라도 총총 놓아라
머리 맞대어 안 될 일 있던가
하면 된다
시작이 반이다
섬돌 놓기 모금 운동이라도 해 줄까나
동강난 땅에 동강 하나 더 낼 셈이냐
돌덩이 모아 온 국민 머리에 이고, 등에
져서 하라는 대로 할 테니 한 번 해 보렴
에메랄드 빛 바다를 안고 꿈을 꾸는 섬
은빛 날개들이 퍼덕이는 황홀한 독도
너무 멀리 두어 도적맞기 쉬우니
하면 된다. 시작이 반, 섬돌을 놓아라

# 돌팔매

천 년 걸려 맺은 사랑인 줄 알면서
누가 돌팔매질로 질투를 하시나요
이제 막 달아오르는 꽃불에
누가 찬물을 끼얹는 건가요
우리 둘 헤어지는 것이 소원이라면
돌팔매질하는 자여 칼을 뽑으세요
죄 짓는 일은 그만 거둬요
사랑도 가지각색
당신도 우리와 어울려 사랑하세요
당신은 칼을 빼어도 나는 아니오
천 년을 애걸하여 맺은 인연을
당신이라면 그냥 보고만 있을 테요
우리 사이를 떼어놓겠다면
무슨 영문인지 내 목을 가져가세요

# 동반자

꽃보다 향기로운 너
내 심연 가득 옛 님의 미라가 들앉았기에
너를 만나면
미라에 뜨거운 피가 돌아
나는 다시 타임머신의 종점으로 돌아가
옛 님과 마주앉아 그동안 쌓였던 그리움
실실이 풀어낸다

이런 줄도 모르고
수십 년 동안 밤만 되면 하늘을 뒤졌지
시리고 시린 눈에 못이 박히도록
낯선 별을 찾느라 꼬박꼬박 밤을 지새웠지
이제 더 이상 하늘 바라볼 일 없어 좋겠다

미라의 귀를 열게 하는 네가 곁에 있기에
목 빠지도록 밤하늘을 바라보지 않아도
님과 함께할 수 있으니 무엇으로 보답하랴
미련한 이 중생
바로 곁에 혜안을 두고 헛세월만 보내다니

비가 오면 올수록 눈물 나도록 보고팠던 님
눈이 내리면 누구의 발자국인 줄 모르고

# 동백꽃

그 고운 모습을 갖추고, 너는 왜
수많은 꽃들이 피는 계절을 피해
하필이면 지독한 계절에
그다지도 붉게 피어나느냐
응달쪽으로 갈수록 검붉은 동백아

그 많은 꽃들 중에 너를 배신한
님이라도 있었더냐
죽어서라도 만나면 두려울
두 번 다시 만나서는 안 될 만한
님이 여럿 있었더냐

얼마나 놀랬으면 온몸 그토록
새파랗게 질려 있다가
다들 떠난 겨울에야 서둘다시피
사방 눈치 다 살피며
노란 혀를 앞세워 피어나느냐

동장군의 애첩인가, 어떨 땐
불덩이 같은 정을 가진
꽃으로 위장한 동물인 듯

너를 바라보는 우리들의 마음을
하나같이 기겁토록 하는 건가

매서운 바람이 너희들을 죽도록
패댈 때와, 함박눈이 덮칠 때면
너의 아픔
우리들을 더 슬프게 하는
아름답다가도 애처로운 동백아

# 뒷걸음

궁상맞게 처져 있지 말고
뒷걸음질로 걸어보라
지나온 삶의 골목길에서
흘린 것이 있다면
길에서는 위험하니
공휴일 학교 운동장이
딱이다
보기에는 풀포기 하나 없는
맨바닥이지만
일단 눈을 자연스레 감고
한 걸음씩 뒷걸음질 치면
지난 날 모든 것들이
콩나물 고개 쳐들 듯 사방
팔방이 변하지도 않았다
각설이 장단에 홍이
'이 사람, 평소 안 하던'
자린고비 영감 때문에
다 만난 여인, 졸지에
사라지고 이제 갈 곳마저

# 들통 난 화두話頭

가시나 못된 것이 엉덩이만 크고
머슴아 못된 것이 대가리만 크다

찰나에 깰 화두
70여 년이나 질질 끌고 다녔으니

# 떠나고 싶은 이유

길과 방향
어디서 어떻게 왔는지를 모른다
지금은 몽유병에 걸려
외딴 세상을 떠돌아다니는 중
무엇을 거두어
어디로 돌아가야 하는 건지조차
낯익은 것이라고는 아무 것도 없고
시간마저 낯설다

안도의 것이라곤
붉은 숨을 내뿜으며 사라지는 태양
이쯤에서
태양을 따라 산을 넘고 싶은 마음
산 너머 강가로 가면
내 타고 왔던 배 기다리고 있을지도
오래 머문다는 건
온갖 세균들과 친교를 맺는 일
삼라의 소록도
이 무시무시한 세상을 떠나고 싶다

# 떠나자 바다로

너는 풀잎에 맺힌 이슬
나는 짝 잃은 사슴의
눈물

추락의 시간이 오기 전에
떠나자 우리
한 바다 빈 주막을 찾아

낮에는 유랑하는 파도의
가냘픈 노래를 들어주고
밤엔 우리끼리 사랑하여
붉게 붉게
새벽바다를 순산하자

우리 날마다 밤마다 그렇게
그렇게,
다시는 뭍으로 오르지 말자

# 떠날 수 있다면

톡 톡 튀는 세상
톡톡 튀는 버러지들 곁을 떠나
밀림 한구석
벗어놓은 뱀 허물이거나
벌레 먹은 나뭇잎이거나 그냥
아무렇게나 지내고 싶었네

때 묻은 이름이며
달짝지근한 꿈이며 사랑
깡그리 내버리고
털렁털렁 생긴 그대로
하늘 아래 첫 협곡으로 가
차라리 짐승으로 살고 싶었네
짐승들의 새끼
수두룩 낳아보고 싶었네

튀어야 사는 세상 튀지 못할
멍텅구리로 남느니
가슴앓이를 하느니
천박이 천박인 줄 모르는
밑구녕 들난 짐승으로 아무렴
짐승으로 살고 싶었네

ㄹ

# 라면

주름살 많은 우리 동족들의 고국은
중국이다
기름진 땅은 덩치에 비해 작다지만
엄청난 인구가 무기며 재산이라서
세계 강대국이라고도 한다
곱슬머리와 친하지 말라고 했지만
집에서는 물론, 야외에 나가서
펄펄 끓는 물에 나를 삶아 먹다가
그 맛 제대로 표현할 자 있을까?
이때 조선 김치와 소주 한 잔이면
세상 부럽잖아 아! 고맙다 조국아

# 라운지에서 피운 싹

테이블 위에서 졸고 있던 안개꽃이
구두소리에 아차 정신이 드는 모양이다
우리들의 사랑보다도 약한 촉수!
부러운 듯 쳐다보는 저 눈빛 좀 보게
우리 둘 맞잡은 손의 체온이 한계에 도달
남자의 눈빛이 문자를 보내온다
'객실로 들어가자고'
안경의 문자가 앞서 담금질을 해댄다
생전 처음 벌어질 일
어머니 어떡하면 좋아요
어머니한테서도 문자가 들어온다
처음은 다 그런 거야. 아낌없이 맡기렴

# 라일락

흰색이면 어떠냐
연보라색이면 어떠냐
반 섞음이면 어떻고

일색도 일색이지만
비단 같은 마음
꽃잎, 꽃잎 배였나니

그뿐이랴
숨을 멈추고 있는데도
향기 흘러 솔솔

꽃무리들 걸음 재는
갓 여름
꽃 세상

바람아 눈 딱 감고
라일락나무만
뒤흔들지 말거라

# 락스

얼룩진 세상, 조금이라도 깨끗이 살려면
그에게 몸의 일부를 맡겨야 한다
완벽하게 해내는 성격 못지 않게 양보를
모르는 이기심
그가 사람이라면 만약에 여자라면 한 치
양보도 모르는 벽창호
나는 너를 인정한다. 부정부패를 모르는
완벽주의, 네가 만약에 정치가가 되었다면
나는 네게 박수를 치다 죽을 것이다

# 리어카

골다공증이 심한 너는 내가 가진
병이란 병은 모두 다 가졌구나
네 온갖 짐 속에 내 그리움
보이지 않는다면 오뉴월이며
엄동설한 무엇하려 얼고 다니느냐
긴 세월 종무소식!
이제 죄짓지 않으려마
그리움도 너를 위해 영영 포기
하리니 우리가 기껏 살아봐야
살면 얼마나 더 살겠다고 늙어서
발버둥이냐
저 달과 해처럼 말없이 질 것을

# 리허설

온몸, 정신 사납도록 땀에 배여
멀쩡하게 미친 친구들
미치지 않으면 영원한 낙오자가 되어
폐인으로 일생을 마쳐야 함에
시위를 잘 탄 화살이래야 열에 하나

인생은 애시 당초부터 갈 길을 쥐고
나왔지만 자기 설계 자기가 못 챙겨
평생을 쳇바퀴 돌 듯 돌아
조언을 해 준다 해도 때는 이미 넘어
잘 돼 봐야 조연, 아니면 뒷전 비실이

# 립스틱

네 팔자나, 내 팔자를 위해 우리가
언제 여유 한 번 가져본 적 있나?
유치원생부터 백세 노인에 이르기까지
못 생길수록 욕심 많은
애호가들의 극성 때문에
하나님!
부처님!
잘 난 사람이나 못 난 사람이나
느낌 없이 두루 어울리게 해 주세요
0.5밀리 덧칠이면 돼지도 호색녀
우리의 조상인 침팬지도 천하호색녀
짙게 바를수록 짙은 색정 어디 가나

# 링거

세상인심 야박한 줄, 넌
모를 거야
눈, 귀
제대로 가진 게 없으니까
천 년을 넘긴다고 천 년을
살 수도 없는 너는
상여 한 번 못 타 보고
곡소리 한 번 못 들어 보고
남의 죽음에 덩달아 죽어
형체 없이 사라지긴 해도
살신성인 그 정성만큼은
모르는 이 없기로
너도 오늘 내 몸 속으로
사라지고 해골만 남는구나

# ㅁ

마감 | 마을버스 | 마음 | 마주친 눈빛
말 없는 자가 더 무섭다 | 말의 변신 | 말했는데 | 망상
먼 훗날에도 내가 있다 | 멈출 수 없는 노래 | 멍청한 날 | 메밀꽃 피는 고향
명줄 같은 사계절 | 모더니즘 을숙도 | 모습 | 목련과 나
목마름 | 목멘 사연 | 목어 | 못 다한 이타심 | 무밭 | 무소유
무정 | 물오름 | 미완성 · 1 | 미완성 · 2 | 미완성 · 3
미완성 · 4 | 민초화(민들레)

# 마감

그냥 가노라
너를 찾다 가노라
스친 인연
그게 뭔데
실타래같이 긴 삶
빙빙
새처럼 허공에서
헤매다가
둥지를 틀기는커녕
한 번
앉아보지도 못하고
가노라
깃털이 다 헐어빠진
뻘건 가슴 채
방향없이
구름 속으로 떠나노라
그대여
종착역에
바람처럼 처박히면
이 설움 다
비로 보내리라

그러나
지금은 그냥 가노라
잊을 때까지는

# 마을버스

희미한 가로등이 불티처럼 널브러진
보수동 산동네
곡예사 같은 운명들을 가득 태운 버스가
꾸물꾸물 그 속을 파고들며
하루치 곡예를 마무리짓고 있다
묻지 않아도 내비치는 제 각각의 배역들
줄을 타는 사람
불 속을 넘나드는 사람
칼날 위를 걷는 사람
닮은 점이 있다면 뒤처지지 않은 인격을
헐값에 매도당하는 일

안전지대를 독식한 범부들의 빌딩 숲과
도로를 가득 메운 범부들의 2세가
광적으로 풀어놓은 남포동의 불빛이
차창 틈새로 매스껍게 스며드는 가운데
반항적으로 기대선 계단 입구마다
멈춰서는 마을버스
부르짖을 힘마저 빈혈로 주저앉았는지
승객들은 하나 둘씩 내려
곰팡이가 2중으로 도배된 둥지를 찾아

뿔뿔이 흩어지고
종착지 민주공원을 향해
텅 빈 버스를 몰고 사라지는 기사의
뒷모습만이 깃대처럼 쓸쓸히 어둠을 가른다

# 마음

주인 없는 이 마음에 도둑이 들면
도둑의 것이네
부처가 들면
이 마음 부처의 것이네
하루에도 수없이 드나드는
도둑과 부처 중
그러나 나는 누구라고 말할 수 없네

# 마주친 눈빛

바쁜 세상에 통성명이 무슨 필요 있냐고?
2급수 하천을 헤어다니다 마주친 눈빛
구정물이지만 그래도 도시물 먹고 산다며
양 어깨며 가슴에 근육을 불어 넣는 오리
귀 볼때기 한 대 올려주고 싶지만 아서라
물 밑에 부리 한 번 찍었다 하면 질금질금
고개 쳐들고 객기 부리는 꼴이 거슬린다
도시는 송곳이다 칼날이다
오리털 의상 속에 몸을 감춘 과수댁이여!
나에게 의지하라, 믿을 수 있는 나에게로

# 말 없는 자가 더 무섭다

산골 밤길에 짐승과 마주치면
무조건 꼼짝 마라
개 버릇하다가는 당하고 말기에
절간에 들어서서도 마찬가지

불보살님들 보기를 예사로 하고
산을 넘고 강을 건너 왔으면
마음 속 것들을 꺼내어
시부렁거리지 말아야 함이다

오늘 저녁, 피죽을 먹게 될지라도
불보살님들의 입이 닫힌 한
이왕 못 잡을 세월 마음 달래어
참선하면 만 가지 효력 얻나니

사람 목소리 잘못 내면
똥 묻은 개소리보다 못하나니
마음으로도 그들은 훤히 알거늘
그게 그것 아닌가

한 평 반짜리 방에 미니법당을

꾸민 지 어언 이십 년
세 분, 불보살님과 정 두터워
반가부좌 틀면 극락 중 극락이라

# 말ᄙ의 변신

찰랑찰랑한 징검다리
바지춤 붙들지 않고 건너는
말ᄙ

디딤돌 하나 디딜 때마다
바지 끝자락부터
물이 말을 살찌운다

물에 입이 달린 세상
이빨 빠진 자홀 없어도
동네방네 잘도 퍼져 나간다

귀에 혓바닥으로 유턴하는
샛강
강 끝에서는 폭포수로

때로는 그것들
꼬리에 꼬리를 물고 가다
대가리가 꼬리로 뒤바뀐다지

# 말했는데

기다리지 말라고 빨간 손수건
전해 준 지 얼마인데

너무 믿지 말라고 노란 손수건
건네 준 지 얼마인데

멀어지지 말라고 파란 손수건
전해 주길 잘했지

# 망상

향나무 숲에 들러
나 언제
향나무 향기를 제압할꼬

연꽃 늪에 들러
나 언제
연꽃 무리를 제압할꼬

아무도 막아서는 이 없는데
요, 헛것들
날 붙들고 함께 놀자네

# 먼 훗날에도 내가 있다

나의 일생은 바람이었으니
바람 속의 모든 것이 나였습니다
들꽃과, 들꽃 사이를 날아다니는
벌과 나비와 새들이 나였습니다

나의 일생은 바람이었으니
바람 속에 죽어간 모든 것이 나였습니다
스크린에서 사라져 버린 친구와
죽은 베짱이의 찢어진 날개가 나였습니다

어느 날 내가 지상에서 사라져도
부르던 노래 그치지 마십시오
무덤은 가난하여도 삶이 쉬는 집
그 속에서 영혼이 옷을 벗고 편히 쉬겠지만
휴식이 끝나면 다시 일어날 것입니다
먼 훗날에도 바람 속에 오가는 사람들 중에
황혼이 내릴 무렵의 과일가게 앞에서
과일을 고르는 그 사람이 바로 나일 것입니다

# 멈출 수 없는 노래

수은등 핏기 없이 고개 떨구고 있던 그 밤에
나는 왜 짐작하여
그녀의 가슴 속을 헤아려보지 못했을까
구멍난 허공에다 무엇을 짓겠다고
그녀의 키를 넘어
눈시울 따갑도록 별빛만 휘젓고 있었을까

운명 중에 가장 짧은 운명이 사랑인 줄
알았더라면
운명 중에 가장 긴 운명이
사랑하다 남긴 상처인 줄 예측이나 했더라면
한 단계 고개 숙여 헤아려 봐야 하는 건데

버틸 수 없는 짝사랑 터질 듯 곪은 상처
끝끝내 저 혼자 눈물로 싸매 들고
여인아, 기별 없이 떠난 가련한 여인아!

주다가 남긴 상처보다 주지 못해 돋은 상처
그리움으로 도져 골 깊이 아리기에
새야 새야, 삭정이 끝에 버틴 새야 너는 누구냐
빛 바랜 세월 속 나를 알아보겠느냐

# 멍청한 날

산천어가 놀아야 할 곳에, 까악, 까악
나뭇가지 끝에 앉은 까마귀 두 마리
냇물 속에서 쌍나팔을 불어댄다

산천어를 데리고 갈랑가
이 마을 촌부 아니면
나그네인 나를 데리고 갈랑가

심상찮다
어디서 물고 왔는지 백옥 같은 솜털 뭉치
천 대신 그걸로 염殮을 하려나

퉤 퉤 퉤!
퉤 퉤 퉤!
지나가는 아낙네, 부정 쫓는 소리 들린다

저것들 참! 간肝을 떼어놓고 왔는지
제트기가 씨ㅡ익 지나가는데도
멈출 줄 모르는 쌍나팔 소리

심술궂게 연거푸 돌팔매질을 해 봤다
허, 그것들! 어디로 헤엄쳐 갔는지
구름 한 점 없는 냇물에 나뭇가지만 남아

# 메밀꽃 피는 고향

고향땅 발 딛은 것만도 환희에
숨차거늘
메밀밭에 닿으니 갈 길을 잊었노라
나풀나풀 옥양목 천 너머
남실남실 쪽빛 바다
바람아 불려거든 사알살만 불거라
청백색 깃발 찢어질까 마음 졸여
못
떠나노니

# 명줄 같은 사계절

봄이면 새싹 돋아 좋아라
여름엔 녹음 우거져 좋아라
가을은 물든 단풍에 탄식하고
겨울이면 산천에 핀 눈꽃이 좋아라
그 중에서 사슴이나 고라니 발자국이
더 좋고!
님아, 님아, 내 간을 빼먹을 님아! 너는
왜 발자국 하나 남길 줄 모르냐!
무진장 지나간 시간들
너, 나 서로 머문 곳 모르니
네 생각나면
사계절 그게 다 무슨 소용이람
어느 날, 너를 찾아 나섰다가
알 수 없는 짐승 발자국 따라 나섰다가
예비군들이 파 놓은 방공호에 빠져
갑자기 혼났었네
님, 다시는 못 보고
영락없이 저승 가는 줄 알았네
간 뚝 떨어졌었네
이 생명 다할 때까지 난 널
애타게 기다리고 있을래

# 모더니즘 을숙도

아까부터 들여다보아도 섬은 전혀
숨을 쉬지 않는다
예언이라도 남긴 듯 새소리만 강물에 엉켜
알 수 없는 곡哭소리 강물을 쥐어뜯고 있다
갈대가 뽑혀 나간 폐허에는 오래 전부터
별빛만 날카롭게 서 있고
금속성 옛일에 멋모르고 대륙을 질러온 바람
어지럽게 회전하다 먼발치 공항으로 가
비상착륙을 시도한다
무엇이 무엇을 위해 태고의 신비까지
모더니즘으로 끌어넣었는지
모더니즘으로 망가진 도처의 최후를 뻔히
맛보고도 무엇이 또 이곳마저 삼키려
칼날을 세우는가
범람하라 강물이여, 그리고 세차게 흘러 이
찢겨가는 주검을 차라리 저 북극에라도
운구하였다가 역사를 말하게 하라. 종말
그 이후에

# 모습

신작로에 서서 그대를 부르면
그대는 나뭇잎 되어
내 가슴에 안기고
숲 속에 서서 그대를 부르면
그대 산그늘 되어
나를 껴안다가
밤이면
그대는 가고
별들 보기 초라히 나만 남는다

갯바위에 서서 그대를 부르면
그대는 파도로 왔다
수줍어 돌아가고
강가에 서서 그대를 부르면
그대 노을이 되어
얼굴 붉히다가
꿈에사
간신히 만나
가슴 가슴 뜨겁게 불을 지핀다

# 목련과 나

하이얀 목련꽃이
왜 잎보다 먼저
시린 창공을 열고 나왔냐 하면

자줏빛 목련꽃이
왜 봄보다 먼저
시린 길목에 나와 있느냐 하면

잔설을 몰고 가는 겨울에게
대지가 흔들어 주는
이별의 하얀 손수건이라서

꽃향기 몰고 오는 봄을 향해
대지가 흔들어 보이는
환영의 원색 깃발이라서

보내는 서러움에
누렇게 얼룩져 내릴 목련
하얀 목련이여

만나는 반가움에
맨발로 뛰쳐나가 껴안을
자줏빛 목련이여

손수건도
깃발도 없는 나는
아!
이별도 부러운 길목이어라

# 목마름

사색에 잠긴 계곡물 따라
가슴 속
얼굴 하나
물길 재촉한다

어디로 가나
어디로 떠나나
보자 하니
예정된 곳 있을 리 없네

# 목멘 사연

뻐꾸기가 울부짖나니
그 사연 누가 알리!
매미가 울부짖나니
그 사연 또한 누가 알리!

이승의 사연도 복잡커늘
전생, 또 전생의 것을 어찌!
나는 모든 것들의 전생을
거울 보듯 알고 있음에

뻐꾸기는 전생에 매미의 짝
매미는 전생에 뻐꾸기의 짝
알고도 못 알려주는 이 마음
그들보다 애간장 탄다

서로가 그 내력 모르고
헛바닥 굳도록 온종일 부르건만
그 아픔 누구보다 내가 잘 앎에
무슨 수로 알려 부둥키게 하나

# 목어木魚

부처가 처마 밑에
몸을 감추고 앉아
낚시질을 하고 있다

재수 없게 물린 목어
몸부림치느라
비늘마저 다 털리고

살생하지 말라 해 놓고
남몰래 이럴 수가
암만해도 수상한 부처

잔인하다, 잔인하다!
허공 향해 울부짖는
목어의 볼멘소리

# 못 다한 이타심

2, 30년 전만 해도 지방관청 게시판에는
희고 긴 수염을 기른 노인이
태극마크가 새겨진 띠를 이마에 두르고
손가락 하나를 쭉 뻗어 보이며
"당신은 조국을 위해 무엇을 하였는가?"
라는 글귀가 실린 포스터를 볼 수 있었다
그걸 볼 때마다 질타 같기도 한 노인의
모습과 문구가 가슴을 뜨끔하게 하였다
그 이후, 나는 여태까지 살아오면서 종종
그 기억을 떠올리며 자문자답을 해 본다

봄이면 논밭의 퇴비가 되고 싶기도 하고
여름이면 숲이 되어주고 싶기도 하고
가을이면 쭉정이 속에 들어가 알곡이
되어주고 싶기도 하고
겨울이면 바람막이 벽이 되어주고 싶기도
하지만
하지만!
콩알 하나 나눠 먹을 수 없는 나의 처지
'기초생활 수급자'
다행히 자투리 삶이 다 마모되어 가니
꼭 지킬 약속 하나는 있다 퇴비가 되는 일

# 무밭

파리 머리통만한 체구에
코피 나도록 섹스 한 번 해 보겠다며
비아그라보다 독한 화학비료를 선택
촉촉한 구멍 속에서 발정을 해댄다

땅 두덩이 부어오르는 걸 지켜보며
군침을 삼켜대던 남새밭 여주인
그만 참지 못해 가랑이 쩍 벌리고
팔뚝보다 굵은 남근을 뽑아 든다

# 무소유

뛰고 굴린들
내려앉을 구들장 없고
세상 것
다 넣어도 남는
벽 없는 방 하나

끝없는 천정은
도배하지 않아도 푸르러
이 몸
날개 없이도
하루의 반은 날아다닌다

# 무정

말없이 보내놓고 혼자 우는 사내야
누가 있어 울어준들 무슨 소용 있으랴
아픈 상처 도려내려면 그 아픔 어쩌리
하늘이 무너지고
땅이 꺼지는
허망함
그래도 세월은 당신을 버리지 않나니
눈물을 거두고 가슴에
점 하나 찍는다

# 물오름

이성에 눈을 일찍 뜬 철쭉이
강가에서 가랑이 벌린 채
초경을 치르고 있다

봄 같지도 않은 겨울 햇살의
마지막 애첩인가
눈길을 사로잡는 자태

안간힘을 쓰며 지표를 뚫는
비비추
조금만 오르면 핏물 보겠다

강에는 색깔 별로
삼삼오오 떼를 지어 다니는
오리들의 한가로움

검은 오리가 흰 오리를 겁탈
한동안 포개져 있더니
후련한 듯 날개를 쳐댄다

봄바람에 물이 찬 성감대들
강물에 비치는 아파트도
한동안 흔들흔들

# 미완성 · 1

까맣게 타내리는 어둠을 밟으며 나는 다시
이 거리로 돌아올지 모른다

어깨에 쌓인 눈을 툭툭 털어내며
바람에 삐걱이는 낡은 문을 열어젖히면
현관에는
내 빛바랜 사진이 거미줄에 걸려 있을 테고
테이블 위에는 미완성의 시집 노트가
먼지에 덮여 유물처럼 잠들어 있을 것이다

지금은 사랑하면서도 만나지 못하는 여인
그는 내 아내가 되기 위해 문을 두드리고
우리는 가재를 손질하는 것도 잊은 채
뜨거운 키스를 해대며
모든 신들에게 감사의 잔을 올릴 것이다
영원히 함께 있기를 기도할 것이다

이승과 저승의 길목 언덕에 집을 짓고
사방으로 낸 창문에
두꺼운 커튼을 준비해 두는 것도 잊지 말아야지

# 미완성 · 2

한적한 산비탈
양수가 타 내릴 듯한 그 요염한 곳에
나의 무덤이 들어설 때까지는
나는 나의 시를 완성작이라 생각지 않으리

여정의 길바닥에서 수시로 불거져 나오는 습작물
옥석으로 다듬기엔 아직은 몇 번이고 더
지우개가 필요한 미완성 생명들이기에
나는 그들을 곰팡내 풍기는 단칸방에 그냥은
방치할 수 없어 사생아로 버려둘 수 없어
뭉텅뭉텅 가끔씩 실효성 없는 단가를 매겨
그대들에게 위탁하노니

독자들이여
어깨가 무거우면 습작 뭉치를 버려도 좋다
다만 이름 석 자쯤은 기억해 두었다가
나의 처소가 무덤으로 옮겨졌다 하는 날
한 번쯤 들러 완성작을 음미해 보시라

# 미완성 · 3

이 계절 이맘때
그때도 비가 내렸지
창가
우리는 나란히 마주 보고 앉아
커피가 식어가는 줄도 모르고
테이블 위에 맨손으로
아담한 궁전을 그려댔지
죽지 않고, 병들지 않고
영원히
이 순간처럼 살 수 있을 거라고

몇 년 지나 이맘때
그때도 비가 내렸지
낙엽이 나뒹구는 공원을 거닐며
테이블 위에 그렸던 궁전
와르르 무너짐을 알았을 때
죄 없는 낙엽을 으깨며
길 하나를 두고
몇 십 번을 오가며
그때 그 찻집을 떠올렸지
이젠 그이도 없고 찻집도 없는데
밤을 따라, 그리움 짙어 가누나

# 미완성 · 4

불타는 사랑을 해 보았는가
차디찬 이별을 해 보았는가
켜켜이 그리움 쌓여 가는가
홀로 날아가는 새를 보면서
그 등에 업혀 불타던 사랑 찾아
떠나고 싶지 않은가
나는 그렇다
누가, 아무리 달래도 소용없는
나는 고집불통
나는 낙엽의 등이라도 타서
그를 따라 어디까지라도 갈 수
있다면, 이 몸 아끼지 않으리
하늘에도 길은 열렸다
육지와 바다에도 길은 열렸다
님은 분명 잘 뚫어놓은 길을 따라
갔으리!
가을비 내리는 초저녁
창 너머 조는 듯한 불빛들 사이로
님의 그림자는 어른거리는데
그녀 특유의 향기가 전혀 없다
밤이 여위다
까맣게 타드는 밤이 나처럼 여위다

# 민초화(민들레)

나 진작부터 그럴 줄 알았어!
콘크리트 틈새
오탁악세 뒤집어 써가며
봄을 깨우고 있는 널

애쓴 보람답게
기적처럼 칼바람 몰아내고
세상에서 제일 일찍 피어
제일 늦게 지는 널

민초는 쉽게 시들지 않는다
피고 지고를 한 해 수차례
흰 피를 흘려가며
동족 같은, 동족을 위해서

신발에 밟혀 걸레 같은 널
나는 합장하여 기다린다
세상의 민초를 위해
다시 피어나는 네가 있기에

# ㅂ

# 바다 · 1

올올이 풀려
하얗게 바래지는가 싶더니
박동搏動 또 박동搏動

바다는 종주宗主 없는 종교요
숨쉬는 철학이며
산자生者를 위한 깃발이다

구도자여
저문 숲에서 낚시를 거두어
바다에 던져라

# 바다 · 2

너는 네 이름을 말하지 않아도
모두들 네 이름을 아는 반면
나는 내 이름을 가르쳐 주어도 너는
불러주지 않는구나
그저 쓸려갔다 밀려오기를 반복
그래서 모든 이들이 부러워하는 것일까
그뿐이랴!
대형 선박들의 스크류에 온몸 찢겨
하얀 피를 쏟아내어도 원망치 않아
그 태연한 모습이 몹시 부럽다

난 내 몸에 가시만 살짝 스쳐도
화를 내지
내가 병상에서 일어나면 언젠가는
네게 찾아가 꼭 물어 볼 말이 있네
천만년 죽지 않고 살아가는 비밀을
캐내고 싶거든
아이구!
또 대형 화물선들이 네 몸을 찢어
네 온몸이 흰 피투성이구나

# 바다가 된 님

하늘에 검게 탄 주검 한 무더기
머뭇거리고 있습니다
나를 발견한 님의 주검입니다
마음의 꽃 한 송이 꺾어
그의 머리에 꽂아 주었습니다
얼마 후, 꽃향기의 발자국 따라
응어리로 머물던 주검이 해체되어
나의 온몸을 적시며 울어댑니다
주르륵주르륵
님이 분명합니다
그런 줄도 모르고
지하철이며 공원이며
수십 년 그녀를 찾아 헤맸습니다
아! 님은 이제 물이 되어
바다의 몸이 되기 위해
다시 먼 길을 떠나고 있습니다
이제는 님이 보고프면
언제든지 바다로 가면 됩니다

# 바다와 소년

너는 나의 녹아내린 꿈이다
너는 나의 잃어버린 색깔이다
바다여
과거와 현재 미래를 한 곳에
담수한
너는 참 용맹한 소년이다

길게 손을 뻗쳐 나를 끌어 당겨라
해일보다 사나운 그림자들에게
쫓기고 있나니
좀더 좀더 손을 뻗쳐
바다여! 네 품에 나를 감춰
영원히 녹지 않는 소금이게 하라

# 바다와 하늘

따라올 자 없는 기갈머리를 가진
심하면, 아니 정신이 약간 들면
제 몸을 끌어 모아 물기둥을 세우는
신神들의 제왕帝王인지도 모를
괴짜!
바다도 하늘 못지 않게 변덕쟁이니
아랫것이라고 얕보지 말아야 함에
제멋대로 사는 것이 순리
하늘과 바다는 한 통속도 아니면서
이따금씩 광기를 부린다
통째로 낚아채 가는 하늘과 통째로
빨아들이는 바다가 무엇이 다르랴!
그들을 함부로 대하거나
무리한 접근을 하면 광기를 부린다
천하장사도 무릎 꿇어야 하는 그들
앞에서는 아부가 최고의 명약이다

# 바람

너는 내 삶의 호수에
파도를 일으키다가도
봄을 가져와
꽃을 피우게 한다

너는 내 삶의 양지를
심하게 파헤치다가도
겨울이 오면
낙엽으로 체온을 감싸준다

내 아내도 감히 하지 못하는
외로움
괴로움
내 모든 아픔을 달래주는 너

변덕스런 너를
더러 원망할 때도 있지만
마지막
내 뼛가루까지 흩어줄 너는
영원한 나의 동반자

# 바람의 일기 日記

나 홀로 아무데서나 조용히 살고 싶어도
숲에 가면 나무들이 나를 귀찮게 하고
들에 가면 들풀들이 나를 귀찮게 하고
호텔에 가면 방방곡곡 국기들이 합세하여
나를 그냥 두지 않았습니다
팔자 참, 개보다 못합니다
오갈 데 마땅찮아 전화선에 누워
낮잠을 청하던 중
전화선 안에서 남자 소리 들렸습니다
아내 몰래 숨겨둔 여자가 있었나 봐요
심심하던 차에 몰래 따라가 봤지요
두 알몸이 나를 또 그냥 두지 않았습니다
간에 불길이 번져 그곳을 급히 빠져 나와
가까운 바다로 갔습니다
잔잔하던 바닷물이 갑자기 파도를 일으켜
내게로 겹겹이 몰려오고 있었습니다
세상인심 갈수록 참 지독합니다
참는 데도 한계가 있다는 걸 다들 아시면서

# 바람이여

산맥들이 내려선 바다에
노을빛 흥건한데
내 곁에 머물던 바람이여
너는 어디로 가기 위해
낙엽 위에 몸을 싣는가

사지가 없어 머물 수는 없다 해도
우린 이른 봄부터
살을 맞대어 온 사이
석류알이 터지는 밤에도
너는 내 곁에
한 송이 꽃으로 머물러 주었어

네가 떠나고 나면
눈 꼬리를 치겨든 매서운
러시아의 여인이 와서
나를 괴롭히겠구나
원치 않은 하얀 가운을 입고
시신처럼 굳은 겨울을 만지며
너를 그리워하겠구나

너를 따라
남으로 남으로 흘러가면
새들이 비워둔 작은 둥지가 있으련만
봄이면
아카시아 향기를 묻혀 돌아올
너를 위해
이 대지에 서서 혼자 기다릴 수밖에

# 발아發芽의 달

2월은 발아의 달
아리도록 바람이 핥고 간
나무껍질에도
까칠까칠한 나이테 하나 더 두른
우리들 가슴에도
새로운 한 해를 맞이하기 위하여
더 밝은 태양을 맞이하기 위하여
아무도 모르게 초경을 치르는
2월은 발아의 달

어금니 한 번 더 악물어 보는
출발선의 각오
2월은 무대를 가린 첫 막,
막이 오르면
대자연이 연이어 깨어나
3.1독립만세 같은 함성이
온 산천과 거리와 바다에 퍼져
동백꽃만이 눈언저리 붉힌 채
아쉬운 듯 사라질 뿐
모두는 색깔과 향기를 뿜어내며
맘껏 나래를 펴리라

# 밤과 나

밤이 내게로 오는 것은
나를 그림자 통째 감춰 주기 위해서다
나를 분질러 갉아 먹으려는
벌레들의 눈을 가려주기 위해서다

밤이 내게로 오는 것은
물상들에 의해 일어나는 망상이 거미줄을
해체하기 위해서다
내 안구의 노동을 줄여주기 위해서다

밤은 내게 눈을 감아 바깥을 버리고
생각의 꼬리와 시선의 꼬리를 꼬아
동아줄을 만드란다, 한쪽 줄 끝을
은하수의 작은 포구에 던져 타고 오르란다

낮의 무거운 기억에서 벗어나
쪽배를 얻어 타고 해안을 돌아가
별들이 사는 장터에 닿으면
내일의 짐을 덜어줄 수레를 구하란다

# 밤배

온 바다에 흰 비늘 까칠한 날
각처를 오가는 여객선들과
화물선들은 용케도 드나들건만

수정 같은 물결에도
님 돌아오지 않은 걸 보니
꿈속으로 또 가봐야겠다

그동안 얼마나 기다렸는지
차츰차츰 굳어가는 몸뚱이
이러다 망부석이 되면 어쩔고

붉은 등대, 푸른 등대
오륙도 밤바다 별밭 같은데
대합실만 어둠이 짙어가는구나

막 내린 가을이라 쌀쌀한 바람
야속한 님 기다리다
이 밤도 뜬눈으로 지새야겠네

# 번뇌

부처는 미동도 않는데
절간마다 중생들
활활 타는 불길에 휘감겨
빠져나가기 위해 아비규환이다

문은 합쳐 108개
모두가 빗장에 걸려 있다

문틈 사이, 멀리 보이는 녹야원
빗장은 풀리는데
녹슨 돌쩌귀라, 어느 문 하나
열리지 않는구나

# 범종소리

들고 또 들어도 쇠의 소리만은 아니다
사바에서 일어나
사바에서 그냥 꺾어지고 마는 종의 소리만은 아니다

영혼의 세계와 영혼 아닌 세계에 이르기까지
무량한 심장을 여닫는 저 개벽을
감히 작명 속에 이름으로 가두다니

서방정토로부터 십만억 국토의 긴긴 터널을 지나
이 거칠고 거친 고해 위해
꽃잎처럼 내려앉는 대장엄

애별리고 생로병사 극락과 지옥
부처와 중생을 한꺼번에 녹여내는 소리여, 소리여
팔만사천 법문의 붉고도 푸른 향기여!

나는 지금 꿈 깊숙이 나의 모든 것을 띄워 놓고 있나니
소리여, 이 틈에 잠시 휴식을 취하라
무량겁 네 생명을 위하여 삼라만상을 위하여

# 벽시계

혼자 사니까 집 안에 들앉아 있으면
들리는 건 초침 소리뿐
그 소리 헤아리다가, 한참을
헤아리다가 숫자 놓치기 일쑤다
그때마다 머리털이 조금씩 바래져 가고
그때마다 온몸의 관절이 굳어져 가고
그때마다 등뼈가 활대처럼 굽어져 간다
듣기 싫어도 들어야 하는 초침소리
습관이 되어 여태껏 헤아려보지만
100단위가 넘어설 때마다 제대로
헤아린 적이 없다. 헷갈리는 이유는
내 살아온 족적을 닮아서다
초침은 불에 달귀진 쇠꼬챙이처럼
벌겋게 달아오른 몸으로
나의 삶을 쉬지 않고 갉아먹고 있다
한꺼번에 잽싸게 해치우지 않는 이유가
뭔지, 오갈 데 없는 나를 지루하게 하지만
그렇다고 시계를 내동댕이친다 해서
남은 인생이 달라질 것도 아니고
절여둔 기억 박스에서 쉰내조차 풍기니

# 별나라

비구름이 치매에 걸려 지구가 물속에
잠긴다면
이 세상은 한 마디로 물바다다
네가 나를 마시고 내가 너를 마시는
어처구니없는 정도가 아니라
질식이거늘
가자! 믿지 못할 지구를 뒤로 하고
새 별을 찾아 오순도순 살자
삼강오륜이 물구나무 선 세상이니
핏대 올려가며 버틸 이유가 없다
숙아!
내일 새벽 축시에 공원 옆
미루나무 아래서 만나 이 지구를
완전히 벗어나자
우리들 나이에 가능할지 모르지만
아들, 딸 수두룩 낳아
뗏목 만들어 고기도 잡고
손수, 채전을 가꾸어 끼니 삼아가며
지구에 남은 착한이들 불러올리자

# 별난 공화국

뭐니 뭐니 해도 치마는 아직
멀었다
권총이 뭔지
어리석은 아이들일 뿐이다
순실이와, 근혜의 콩돌놀이

# 별을 헤며 · 1

뿌연 밤하늘에도 자정은 어김없다
지쳐 잠들고 겨우 몇 개 남은 별
적요까지 놓아버린 우리 사이
말 한 마디 없이 자정을 훌쩍 뛰어 넘었다
난 원래 이름이 없다지만 너희들은 누구냐

쏜살같이 내리막길을 내달리는 택시들
아무거나 잡아타고 그녀에게나 가볼까
적요까지 놓아버린 내가
적요까지 놓아버린 네게로 말이다
가는 길도 모르는 와중에 어떻게 찾아가나

무정하게 먼저 보내놓고 후회하는 지금
나 찾아가면 용서해 줄까
손바닥에 불이 붙도록 싹싹 빈다면
세월마저, 떠난 지도 너무 멀다야
남은 별 몇 개, 하나같이 너무 멀다야

# 별을 헤며 · 2

희미한 가로등과 대단지 서민 아파트 위로
느슨하게 눈에 띄는 별들
사이에 길 하나 두고 양쪽 보도블록으로
띄엄띄엄 걸어가는 중년을 넘은 여인들
가방 끈과 어깨가 동시에 축 늘어진 모습
하루를 어디서 도시락 까먹듯 까먹고
금방이라도 주저앉을 듯이 걷고 있을까
4층 통로에서 담배를 피워 물고 무심코
내려다보는 내 모습은 어떻게 보일까
백수 같은 나도 오늘 무슨 도시락을
어떻게 까먹었는지 기억이 안 나는 판국
그녀가 살았어도 저 여인들처럼
품삯 몇 푼 지갑에 쑤셔 넣고
풀 죽은 모습으로 4층을 향해 오겠지
무능한 나를 보자마자 울화통이 치밀겠지
어쩌면 먼저 보낸 것이 현명한 일인 줄 모른다
아니 같이 굶어 죽어도 살아있어야 했다
그녀를 보내고 바보가 된 나니까
매정하게 보낸 죗값을 톡톡히 받고 있는
중생이야 더 이상 도리가 없지만
안타깝다
평생 내 가슴 찔러대는 그녀가 안타깝다

# 복귀

상크름한 이 바람은 어디서
보낸 누구의 바람인가
속살에까지 찌든 일상사
강변으로 달려가 훌훌
날려 보내자

하류의 갈대가
우리들의 나체를 보기 위해
꽃을 물고 서 있을 것이다

가자, 강으로
생긴 대로 드러내어 자연과
자연과의 만남을 위해

# 볼 수 없는 마음

모든 것에 알맹이 없는 것이 없음에
꺼낸다면 각양각색 아니겠냐만
세상에 꺼낼 수 없는 것이 있나니
마음이로다
좋은 마음, 나쁜 마음, 선한 마음
악한 마음
이 마음 모두 꺼낼 수만 있다면
모진 마음병에 걸릴 자 없으리라만
자신 있는 자여!
마음 한 번 꺼내 보시라
석가모니도 못 꺼낸 마음 아니더냐

# 봄

봄 향기의 원조는 꽃향기다
피고 지고 지고 피는 역순환
사계절 꽃중에 헤아릴 수 없는 종류
미미한 향기 모여 오고 가는 발목을
거머쥐며 봄향기에 실컷 취해 보란다
봄의 수명이 갈수록 짧아 어느 훗날
아무리 취해 보려 해도
그땐 이미 아주 먼 옛날 이야기
날로 토라지는 우주만상을 뉘 달래어
지금서 태초의 거리까지라도
머물러 달라 하리! 우리는 봄의 역적
봄에게 뭐라고 용서를 빌어야 하나

# 봄날에

나목을 타고 내디딘 봄
내 마음 언덕에도
볕살 자자하여

푸릇푸릇 되살아나는
사랑 위로
너울대는 그리움

꽃대 없는 꽃
당신의 얼굴에서
화장내 번져 코끝 감미로와

나는 행복에 졸고
어둠살 뜯다 잠 설친 고양이
오수에 사르르르

# 봄맞이

앙칼지고 고집스럽던 신부가
하얀 드레스를 끌며
사라지기 바쁘게
천사보다 아름다운 수선화가
조심조심 자태를 드러낸다
땅속에도 하늘이 있나 보다
성숙한 소녀의 젖가슴을 훔쳐 보듯
나도 모르는 사이
사팔뜨기로 돌아간 눈
'나도 땅속에 있는 하늘에서 올라왔답니다'
수선화에 매료되어 있던 내가
어느새, 잡놈이 되고 말았다
앙증맞게 지천에 피어 있는
명자나무 꽃들이
온몸을 순식간에 끌어당긴다
성추행법이 없으면 얼마나 좋으련

# 봄비

실실이 타래채 풀려
가실 듯 가시지 않는 겨울 대지에
파랗게 수繡를 놓는 봄비

한동안 쉬었다 다시 풀어
그 위로 하얀색, 노란색, 분홍색
점점이 피워놓은 향기 짙은 꽃들

이 절세 계절이 퇴색될 일을
생각하면
먼저 떠나고 없는 것들을 향해
다시 돌아오라 손짓하고 싶다

그러나 나중 일은 접어두기로 하고
이것만의 전경 가슴에 새겨
가을도 봄인 듯
겨울에 봄인 듯, 곁에 두고 싶다

# 봄소식

이승의 모든 생명들 앞으로
먼저 간 영혼들이 편지를 보내온다
화창하게 열려있는 지표 위로
모락모락 밀어 올리는 향기롭고
고운 사연

만끽의 이 향연
어디로 답장을 하랴
늦어도 가을까지는 온산 빼곡하게
이승의 사연 실어
그들에게로 보내 줘야겠는데

# 부산 사람들

길을 물어보면
이 손짓, 저 손짓 다해가며
절로 절로해서 절로 돌아가면
있을 낍니더!
'그래서 부산 사람들이 좋다'

재래시장에 들러
이것저것 찬거리 골라 놓고
'조금만 깎아 주이소' 하면
'그라입시더'
그래서 밑도 끝도 없는 정

내 나이 겨우 칠순 가까이
지하철을 타면
자리 양보하는 자 더러 있어
몸둘바 모를 때도 있지만
그래서 부산 사람들이 최고

무뚝뚝하고 목소리 높지만
속내는 비단 같고
굳은 인상

말 몇 마디에 풀어져
뒤끝이 없다

팔도에서 몰려온 피난민
오래토록 주저앉은 탓에
부산 기질 몸에 배여
안태본이 아닌데도
모두는 부산 사람

# 부유물

어지러운 불립문자不立文字
혼돈한 교외별전敎外別傳
버리자, 퉤퉤
피를 말리는 부유물

불립문자에 울고
교외별전에 울고
아!
나의 부처가 밤낮 울고 있구나

# 부처에 대하여

최초의 부처도 나였고
지금의 부처도 나, 이며
최후의 부처도 나, 일 것이다

어째 최초의 마군도 나, 이며
지금의 마군도 나
최후의 마군도 나, 일 것이다

최초의 설법자도 나였고
지금의 설법자도 나이며
최후의 설법자도 나, 일 것이다

# 부처 찾기

불상 앞 오체투지가 끝나면
눈알이 시리도록
불상의 생김생김을 보라
그대로를 마음 속에 옮겨
반쯤 눈을 감고
마음 속 불상을 바라보라
그 불상이 누구의 불상인지
그래도 모르겠다면
양파 껍질 벗기듯
마음에 든 불상을 벗겨 보라
한 겹 한 겹 아주 천천히
천천히
보이느냐?
그것이 바로 너의 부처로다

# 부평초

다시 올 수 없는 발길이라면
꿈길마저 끊어 놓고 가다오
그리움 부풀려 내 가슴 터지게 할려면
그냥 가도 좋다만

옛날 옛적
어느 전생에 이별 한 번 하였다가
갈기갈기 내 운명 찢기고 말았거늘
다시는 속지 말자고 다짐, 다짐했거늘

야멀차게 떠나도 매정하다 않으려니
처음 그대로만 남겨놓고
기억까지 거두어
다 가져 가다오

나, 어느 땐가 한 때
부평초 몸으로 살아본 적 있으므로
그대가 나의 당부만 들어준다면
나는 다시 부평초가 되어 살아가리라

# 부활

서편에서부터 불길에 휩싸였다가
잿더미 속으로 영혼을 감춘
푸른 산빛에 젖었던 하늘

지상의 일상들을 낱낱이 열어주던
아! 하늘이여
그대의 빈자리를 가득 채운 저
별들은 어디서 나온 사리라던가

여름밤 내내
무수한 성좌들을 헤아리다
철모르는 아이는 시력을 잃고
할미마저 치매에 빠져
첫 닭소리도 잊었어라

너와 함께 맨살을 부비던 바다는
네 검은 살덩이를 쥐고
허연 피를 토하며 통곡하다가
지금은 쓰러져 있지만

죽음 뒤에 다시 되살아나는

부활의 피를 가진 너이기에
우리는 슬퍼하지 않고 꿈길에 서서
새벽의 문이 열리기만 기다린다
뭉실한 광채 하나를 안고 나올
너를 기다린다

# 부활 이후

― 신사임당

이 세상에 다시 태어났다는 게 꿈만 같습니다
거울을 들여다보니 아이가 아닌
한복을 곱게 단장한 중년 여자의 몸입니다
중년이면 어떻고 노년이면 어떻습니까
긴 세월이 지나서인지 세상이 요술상자 같습니다
은행에서 어떤 신사를 만났지요
그는 나를 보자마자
당신을 사랑하노라며 어루만져 주었습니다
옛날 같으면 여럿 앞에서 있을 수 없는 일입니다
어떻게 된 영문인지 나를 꼭 빼닮은 여인들이
신사의 지갑 속에 수두룩합니다
우리들은 약속이라도 한 듯 서로 입을 다문 채
과거와 현재를 감추고 있습니다
아마도 다쌍둥이?
매일같이 칠팔 명씩 신사의 손에 끌려 나갑니다
어느 늦은 오후
신사는 모텔이라는 곳에 들러 귀신같이 꾸민 젊은
여자와 바로 내 옆에 있던 중년 여인 몇과
바꿔치기를 하는군요
덜컥 겁이 납니다
귀신같이 꾸민 여자는 실오라기 하나 걸치지 않고

신사의 몸종이 되었습니다
이상한 짓들과
이상한 소리들
침대가 꿀렁꿀렁 마당쇠처럼 고생을 하고 있군요
창문을 통해 탈출하고 싶지만 손발
내겐 손발이 없으니 이걸 어떡하면 좋아요
무섭고 추한 세상이군요
전례 없던 집안 망신 톡톡히 당하고 있습니다

# 분재

베란다의 분해된 바람과
시멘트벽을 더듬는 세월
친숙할 수 없는 온갖 틈에서

회를 친 아랫도리와
꼬꾸라진 모가지와 팔, 다리
누굴 위한 곡예인가

긴긴 여름날
뻐꾸기 소리며 꽃향기
구월이 와도 어울릴 수 없는 몸

거꾸로 향한 정수리
구름은 어지럽게 흐르고
새벽이슬 창 밖에서 울음 운다

나도 운다
울다 지쳤다가 깨어 보니
불행의 주인은 바로 나였다

# 불감증

전봇대마저 정체가 아주 궁금하다
아파트 및 주택급매
사원모집 급전대출
주방 이모 급구
귀금속 고가 매입
전봇대의 비늘에 새겨진 글자들

부정부패가 만연한 세상
전봇대들도 물들었는가!
자기들끼리 일감 몰아주기 일색
탱탱하게 연결된 선이 보이는가?
검은색으로 포장된 선줄 속에
지금 이 순간에도
수많은 암호들이 오가겠지!

어떤 고위급 인사들에게 입김을
불어넣어, 게다가
사돈 팔촌까지의 명의를 빌려
임자 없는 허공까지 독차지
세상을 손아귀에 넣으려는 자들!
위험한 전기장판 위에 누워
이래저래 밤잠 설친 지 몇 년째데

# 불공평

잘 생겼다거나 아름답다라고
말 건네기 겁나는 세상
수치성 발언
성희롱
성추행
성폭행
남자들에게만은 얼렁뚱땅 넘어가면서
왜, 여자들에게만 100% 보호하나?
이상한 법
이래도 되는 건가

꽃들에게는 별별 소리 다하면서
만지작거리면서
얼굴 부비면서
들춰 보면서
목이나
허리를 꺾어 태연하게 거리를 활보하면서
뿌리째 보쌈해 가는 걸 보면서
왜!
왜!
남자들과 꽃들만이 100% 보호를 못 받나

# 불국토

물 고인 곳마다 연꽃이요
마음마다 연꽃 향기니
너도 부처
나도 부처

여기서 죽음까지
죽음에서 여기까지
돌고 돌아도 연꽃과 향기
끝이 없음에
하늘 위, 하늘 아래
불국토 아닌 곳 또 있던가

경전이 무엇이더냐
염주가 무엇이며
사물 또한 무엇이더냐
사찰이며 불상
향 촛불이 무엇인고

이 날세고개 넘어서면
뒤에도 부처
앞에도
양 옆 모두가 부처

# 불타는 불탔는가

칠보 같은 방편 지어
사바세계 온누리에
연꽃바다 이루라며
삭발에다 가사 입혀
세세속속 보냈거늘
십중팔은 잡배놀이
몇몇 남은 선승조차
빗장 걸고 면벽하여
화두 좇다 세월 탕진
여래시여 왕림하여
쑥대밭 좀 구경하소

# 불효별곡

먼 길 마다않고 어머니 또 오셨네
관절에 파스, 파스 위에 붕대
홀아비인 아들 보려 절뚝거리며 오셨네

통신 없는 시대라면 어머니 애간장
다 타고도 남음을 전화가 있으니
밥 묵었나? 굶지 말고 꼭 챙겨 묵거라

생활보호대상자인 팔순 넘은 노부부
쌀 몇 되, 사탕 한 봉지, 반찬 몇 종류
굽은 등 더 굽혀 용케도 찾아오셨네

잔병치레로 아무 일 못하는 자식한테
꼬깃꼬깃 만원짜리 몇 장 쥐어주며
이 돈 꼭 약 지어 묵거라

버스에 오른 어머니, 손 자꾸 흔드시네
팔순의 눈샘에도 두레박질하고
예순 다 된 자식도 두레박질하면서

터미널에서 보는 모습
그때마다 마냥 마지막 보는 모습 같아
돌아서면 애간장 쉿물로 녹아내리네

# 붉은 함성

색상도 하나
함성도 하나
거대한 하나다

땅에는 붉은 파도
바다는 푸른 파도
국기다 태극기다
신화적 깃발이다

탱탱한 작은 공이
60억 심장을
불덩이로 달구는

지축을 뒤흔드는
건아들의 여세餘勢
핏물 튀는 투혼력

나가자 이대로
세기를 넘어
인종을 넘어

축제의 장場
여기에서
Korea에서

# 비

기다리다 지쳐 쓰러질 것만 같습니다
당신 없는 세상은 의미가 없으니까요
실오라기 하나 걸치지 않고
기다려야 하는 이 마음
겨울에 오시어
하얀 드레스로 입혀 주시렵니까
그것도 좋겠지만
그때까지 도저히 기다릴 수가 없어요

구름 한 점 없는 하늘
당신이 너무 야속합니다
천지를 찢어 놓을 때는 언제고 이제는
아예 모르는 척하십니까
목이 말라요, 온몸이
숯불처럼 갈라져 발갛게 타고 있어요
나를 껴안아 주어요, 촉촉한 당신이어

# 비비추

그래!
원래 너의 이름이 아니겠지
보고 느껴 깨우치라는
세상을 향한 이름일 거야

비리 많고
비정하고
추한 세상
그들을 대신한 가명이겠지

때 묻지 않은 네 겉과 속
세상에 나와 보니
귀 열고 고개 들어볼 일 없어
네 스스로 지은 이름

생목숨 던질 수 없어
목 빠지게 땅만 바라보며
하루라도 빨리
운명이 끝나기를 바라는 너

비비추들이여!

나는 너희들을 볼 때마다
관절이 다 닳도록 빌고 또
빌고 싶지만, 나 하나로는

# 비 오는 날

천장에서 빗물이 뚝뚝 떨어진다
받쳐 놓은 통 속에 외마디를 남기고
운명을 끝내는 그
물기 배인 천장의 영역이 갈수록
넓어져 간다
드러누워 가만히 쳐다보니
땅 한 평 없는 내게 커다란 행운이다
내게도 소유할 게 있다니
심장이 두근거린다
여우 같은 집 주인이 방세를 받으러 와도
나도 이젠 큰소리칠 수 있어 좋다
먹을 것이 없어
가난의 씨알까지 다 먹어 치웠지만
아직 아침, 저녁 먹을거리는 있다
씨알 다 까먹고 남은 쭉정이 말이다
보리 흉년에 진저리나게 먹었던 멀건
보리죽!
식구들은 밥상에 둘러앉아 먹고
등을 돌리고 앉아 후루룩 들이키시던
어머니가 그립다
사진첩이 눅눅하다

# 비와 눈물

이 비가 멈추면 그녀가 올까
내 눈물 마르면 그녀가 올까
비가 멈추면 하늘은 맑아
달도 별도 만나겠지만
나에게 남은 눈물
바닷물보다 많기에
아무래도 이 생전에
그녀를 만나기 어렵겠네
댐 같으면 수문을 열어
눈물을 다 빼겠다만
내 눈물의 호수는 수문이 없어
엄두조차 낼 수 없네
기다려도 끝내 오지 않으면
나는 나의 눈물바다에
온몸을 던지고 말리라

# 빈 깡통

능금꽃 피울 꿈이야 갖지 않았다지만
오장육부 모조리 빼앗긴 터
건드린들 뉘 소리치지 않으리

그러나 내 앙증맞은 소리는
너의 소리임을 부정할 수 없고
내 몸짓 또한 너의 발악인 것을

밟아라
밟아도 네 막힌 가슴 뚫리지 않는다면
갈갈이 찢고 또 찢어라

망가진 몸뚱이
유효기간이 남아 있으면 무엇에 쓸려고
내 기어이 너를 위해 순종하리라

하지만 너를 대신해 흘려줄 눈물 내게
없어 그게 불행. 고민 말고
날 어두우면 나를 계곡에 처넣어라

네가 미치고 싶은 만큼 미쳐 떠돌다가
너의 역사가 보이지 않는 먼 바다에서
소금꽃 아름드리 피어주리라

# 빈 자리

석가모니와 예수
둘 나
해우소에 다녀온다 해놓고
몇 천
몇 백 년이 되어도 감감
저 빈 자리에 앉아
생불 노릇하려고 다들
혈안이건만
여기 이 별에서
편안한 잠 한숨 못 자고
오죽하면 떠났으리

# 빗장무늬 손수건

누구의 사랑을 감싸라 하여
그대 나에게 손수건을 건네는지요
언젯적 상처 지우라 하여
빗장무늬 손수건 살포시 건네는지요

황금으로 천을 짜서 받으라 해도
정보다 못하기에 거절하고 말았는데
어찌된 힘으로
이 마음 사르르 녹여내고 맙니까

올올이 배여 있는
얕은 듯 깊은 정성
한 조각 천으로는 불가능한 이 감동
처음 겪는 일이라서 꿈은 아닌지

두 줄기 액질, 무시로 타내려도
와닿는 손길 모두 의족만도 못했기에
그대는 그냥 아무렇지 않겠지만
이 행복 엄청나 가둘 데가 없어요

# 빛과 어둠

빛이여
그대가 살아있음은
내가 그대를 낳았기 때문이오
그대를 낳기 위해
나는 몸을 태워 어둠이 되었소
나는 어머니며
그대 위한 주검이며
내가 몸을 일으키면 그대는
빛의 홍수 속에서 미아가 될 것이오
그보다 더 밝은 빛이 된다면
아름다움은 물거품이며
누구의 추억 속에도 끼어들지 못할 것이오
빛이여
그대는 제발 거대한 몸이 되겠다고
소원하지 마오
그리고 내 치마폭에서 달아나려 하지 마오
오 나의 위험한 아이여

# 뻥튀기

사십계단 층층대 아래
조형물인 뻥튀기 아저씨가
뚜껑을 열려고 준비를 하고 있다
주위엔 아이들이 귀를 막고 서 있다

벤치에 앉아 담배 연기를 뿜어대며
그 광경을 바라보던 중
시어詩語를 쥐고 있는 내게
묘한 생각 하나 떠올랐다

뻥튀기 아저씨에게 다가가
덜 건조된 시어를 튀겨 달랬더니
두 말 않고 기계에 넣고 돌렸다
잠시 후, 이럴 수가!

시어를 넣고 튀겼는데
뻥 소리와 함께 하얀 김만 나오다니!
그렇다, 시는 뻥이다
이러니까 서점에서 시집이 안 팔리지

# 사계

봄은 자라
사춘기를 막 넘어설 무렵
쏟아붓는 불볕에
온몸 데이고 말았습니다

핏물과 진물로 얼룩진 그에게
겨울이 다가와
상처를 싸매주었습니다

지금쯤 앞다투어
새살 차오를 하얀 붕대 속
아이들은 멋모르고
붕대 위로 쏘다닙니다

# 4대 강 개발

물새 노니는 강변마다 비상이 걸렸다
간을 끄집어내는 소리며
정강이와 엉덩이 살과 턱뼈며
코 잘라내는 소리 소스라치게 들린다

오! 억만 년의 물길
가슴 칠 일이다 통곡할 일이다
고을 사람들아! 땅 속에 잠든 자들아!
삽과 괭이를 앞세워 그들을 에워싸라

공사가 끝나면 물은 옛길을 잃고
낯선 곳에서 방황할 것이다
어쩌다 만난 갈대를 부여잡고
그들의 족보를 찾으려 할 것이다

'산천은 의구한데 인걸은 간 데 없고'
오, 전설 같은 구절이여!
하라는 성형수술 수출은 안 하고
갈라진 태평소太平簫에 헛바람만 세구나

# 사도邪道

탈을 쓴 개들이 사방팔방 천방지축
탐욕이 누렇게 낀 이빨을 드러내며
만다라 가짜 향을 거침없이 뿌린들
함흥차사 없는 땅 누가 와서 잡아가랴

가짜 진짜 분간 못하는 얼빠진 중생들
몸 바쳐 재물 바쳐 빌딩 사이로 숲속으로
강아지처럼 끌려 다닌들
제 잘났다 설치니 누가 덫을 놓으랴

거리의 악사여! 곡을 바꾸어라
통곡소리 넘치도록 슬픈 곡을 울려라
펑펑 치솟아 오를 내 눈물이면
목마른 중생들, 얼싸좋다 목을 축이리

인면수심 제거 진언
옴 캄캄캄 어둑캄 지옥캄 사바하
옴 캄캄캄 어둑캄 지옥캄 사바하
옴 캄캄캄 어둑캄 지옥캄 사바하

# 사람꽃

본래 꽃보다 아름다운 것이 사람이라
꽃향기보다 짙은 정 또한
천 리, 만 리 밖에서도 변함없나니
이것이 사람꽃이다

뿌리 내림도 그렇고, 가지 뻗음도
같은가 하면
피었다가 지는 것까지 닮았으니
사람꽃보다 아름다운 꽃은 없다

사람꽃이 되려면 독사가 덤벼도
대항하지 말아야 함이요
도리어 독을 제거시켜
온순한 구렁이로 살아가게 함이다

나는 나의 주변에서 사람꽃을
자주 만나고 있다
그들과 함께 있으면 나도 꽃이 됨에
우리 모두는 아름다운 사람꽃이 될 수 있다

# 사람이니까

울어도 보고 웃어도 보고
국물뿐인 밥상
빈털터리 지갑
소리 없는 웃음
복권마다 깡
오래 보면 싫증나고
오래 못 보면 안달

혼인하면 후회할 우려
이혼해도 후회할 우려
울어도 복福
웃어도 화禍
때려도 상처
맞아도 상처
인생살이 요지경올시다

# 사랑 맛

달고
쓰고
짜고
시고
맵고
비율을 잘 맞추면
사랑의 진미가
따로 없다

# 사랑을 하려면

밑불이 세야 한다
잘 달군 쇳덩이 꺼져서는 안 된다
새들의 전문을 모두 파악해야 하며, 특히
밤으로 날아다니는 곤충은 하늘과의 교감을 잘 감지
그리움에 지친 자들을 위해 헌혈까지 생각해야 함이니
사랑의 연결고리는 누구든 소홀히 가져서는 절대 안 된다
잘 달군 쇳덩이 밑불이 세야 한다

# 사랑주의보

처음 만났을 때의 쿵닥거림
심장에까지 금세 불이 붙어
석쇠 위의 불고기가 되었던 그날
우리는 불을 끄지 못해
세찬 눈보라를 불러들였다
눈보라마저 접근하자마자 녹아
우리는 뒹굴고 뒹굴어서 겨우
북극에 닿아 심장의 불을 껐다
서로의 숨소리가 들리고
서로의 모습들도 드러났다
사랑은 은근한 잿불로 해야 한다
불이란 불은 말 그대로 화마
나의 이력서에 화마의 흉터가
삼나무처럼 빽빽이 들어서서
더 이상 1면의 빈 칸이 없다

# 산

산은 말이 없네, 그저
말없이 날 안아 주네
너른 가슴 아니라도 타인까지 안아 주네

모두의 허물 벗겨
주렁주렁 푸른 잎으로 매달았다가
곱게 단풍 입혀 가슴마다에 되돌려 주네

바위에 앉혀 잠시 머물게 하여
지나온 길 되돌아보게 하고
봉우리 높여 더 넓은 세상 바라보게 하는

언제나 포근하신 어머니
근엄하신 아버지여
나는 차마 그대를 산이라 부를 수 없네

# 산객山客

산내음인 줄 알았더니 차향 아닌가
물맛까지 차맛인 걸 보면
차 끓이는 사람도 있을 법한데
지지째재
꿔겅꿩
찾아오는 산객 새들에게 맡겨두고
묵은 묘 저 혼자 양달에서 졸고 있네

꿈자리에 들어도 내 것 하나 없는 몸
지나온 길 등 돌려 하늘을 바라보니
해도 얻고 달도 얻고
저 많은 별들은 또 어디에 쓸꼬
갈 곳도 없다만 돌아가기 싫기로
춤출 쪽은 내 쪽인데 멀리서 바다 혼자
하루 종일 더리덩실

# 산유화

하늘이 대문 활짝 열었네
강산도 따라 대문 열었네
간물 배인 갯가에도

산유화 곁에 두고
화~
하마터면 무관심했겠네

누이야, 남순아!
돌무덤 사이로
산유화 보이느냐

아버지 모시고 두 남동생
챙겨 산유화 지기 전에
꽃놀이 다녀가렴

일일이 송이송이 꺾어서
보내주고 싶지만
주소가 새로 바뀌어 어쩌나

# 산촌

쓸 만하면
저승으로 끌려가고

그 다음은
군대로 끌려가고

다음, 다음마저
도시로 끌려가고 없는

산
촌

허수아비와
허수아비의 친구들 뿐

# 삶에 종말은 없다

너는 너무 일찍 버림받았구나
나도 곧 버림받을 몸
나뭇가지에 점 하나 남겨놓고
쫓겨난 신세
나 또한 너처럼 떠날 날이 있겠지
갈 곳이 있느냐?
머리 맞대어 궁리 좀 하자꾸나
나뭇가지의 버림보다 더 지독한
먼 시베리아 말발굽소리는
나를 더욱 멀리 내쫓으려고
채찍을 들고 남하하고 있단다
하늘길도 막히고,
바닷길도 막히고
너와 나 어디로 가야 안전한가
너는 계절에게 버림받고
난 세월로부터 버림받았으니
알고 보면 우린
한 족속들로부터 버림받은 운명
아! 저기 모래 위에 빈 소라껍질이
우릴 기다리고 있군
얼른 몸을 벗자, 그리고 우리 둘

영혼만 챙겨 껍질 속으로 피신하자
억겁이라도 좋으니
뺄 속에 파묻힘도 두려워 말고
그 속에서 이 현실에 대해
구도求道를 하자 뭇 생명을 위해

# 삶이란

삶은 단, 한 페이지
채우면 얼마를 채우랴
비우면 얼마나 비우랴

삶이 종이라면
새 한 마리 그려놓고
숨 멎고 싶다

# 상처

가을은 송림 사이로 빠져 나가고
피가 끓는다는 이유로
젊은이들 도시로 빠져 나가고

그 헐렁헐렁한 자리에
눈이 내린다
폐허 같은 상처를 아물게 하려고

차창 밖은 한 덩어리 쑥 버무리
내 상처를 실은 열차도
그 속으로 꾸역꾸역 기어들고

어머니는 무슨 상처를 아물려고
종 종, 쑥 버무리를 만들었을까
왜 가끔 설익은 것을

어머니 이전에 아버지가 넘어선
산마루, 그 지독한 초상술에
하늘은 아직도 벌겋게 취해 있다

# 새벽 4시

새벽은 매일같이 맡기는 일 없이
참으로 싱겁게 나를 일찍 깨운다
가벼운 운동을 하고, 음악을 틀고
빵 두 조각에 따끈한 커피 한 잔
음악과 커피와 빵
선율에 따라 커피향이 키재기를 한다
빵은 사라지고 남은 음악과 커피가
본능적으로 그리움을 떠올린다
창문 밖에는 구름이 어둠과 섞여
별이 된 그녀를 가려 버렸다
내가 보고 싶은 만큼
보고 싶을 그녀
몇 곡의 음악이 새벽을 잠식하는 동안
한 모금 남겨둔 커피
그녀의 모습이 내려앉을 때까지
끝내 잔을 비우지 않기로 했다
담배 연기가 그녀의 치맛자락처럼
펄럭이다 구름 쪽으로 빨려들 무렵
음악 속에 끼어드는 외부의 코러스
그녀가 쏟아내는 눈물 소리다
저절로 데워져 가는 커피
그녀의 그림자가 찻잔 위에 아롱진다

# 새벽바다

백발의 머리를 있는 대로 푼
바다 안개
천 년을 살았는가
만 년을 살았는가
움직임이 매우 둔하다
바다와 안개와 하늘이 하나로
엮어진 장관
주의 '아무데나 딛지 말 것'
등대마저 잡아먹은 새벽바다
길 잃은 자들이 발을 동동
태양만을 애타도록 기다린다

# 서녘 갯가

비단 속치마 보일락 말락
요조숙녀 같은 몸으로
발길, 발길 벽화를 그려대며
서편으로 사푼사푼 가고 있는 흰 구름

태양은 또 무슨 일이
벌어졌기에 혼자서
저물어가는 이 시각에
앞뒤도 분간 못하고
발길을 재촉하고 있을까

닷새머리 파장에서 술 취한
주정뱅이
정신 나간 줄 알았더니
수평선 위에 석양을 휘휘
참 곱기도 하다

절개가 너무 꼿꼿한 탓에
저 장관에도 끼어들지 못하고
이도령 오기만 기다리는
학이여!

# 서원

이 세상 모든 생명들, 진정 나에게
님이 되어 준다면
나는 죽어서 천상을 원하기보다
이곳에 남아있길 서원하겠습니다

뜯고 뜯기는 야만이 사라지고
일체 중생
나에게 님이 되어준다면
죽어서 변방에 떠돌더라도 나는
이곳을 그리워하겠습니다

흙으로 남은 한 점 육신까지
두고두고 자양분 되어 남들의 뜨락
연꽃을 피워 올려
세상 가득 향기로 채우겠습니다

이 서원이 이루어질 수 있다면
나는 죽어
나의 혼에 돌을 매달아
억겁토록 이 땅을 떠나지 않겠습니다
영광이라 하겠습니다

# 석류

여인도 가고
시대도 함께 가고
조선도
우물도 사라지고

과거를 메워 버린 현실의
틈바구니에서 너는 샘물처럼
아득한 여인사女人史를 자아내고 있구나

이 한 순간
여인이 오고 시대가 돌아오고
조선도 우물도 여기에 있어

매끄러운 과학이 분칠을 한 대지에
너는 그들의 후예가 되어
뙤약볕에 또 한 번 온몸 태우고 있구나

헐거운 가난
가슴앓이로 채워야 했던 조선의
여인들

나는 보았다
외딴 폐가에서 바람결에 헹궈대는
가슴앓이
조선의 여인을

# 설거지

너는 요술쟁이 같은 존재
귀신 눈에도 띄지 않는 바람이여
몹쓸 잡티를 용케도 찾아내어
한쪽으로 밀어붙이는
아주 영리한
이 세상에서 가장 청렴한 존재여

아쉬운 건
권력깨나 주무르는 고위층 세계
그들에게 엄밀한 설계도가
있긴 하지만
그들을 천 길 벼랑 아래로
쓸어 내려준다면야

내 집 지붕을 걷어낸들
널 원망하랴
마음 속 깊이 숨겨둔
첫사랑을 쓸어낸들 널 원망하랴
조상 무덤 앞, 비석을 넘어뜨린들
널 원망하랴

드러낸 것도
감춰둔 것도 없는 바람, 바람이여!
무엇이 두려우냐
이 세상에서 가장 청렴한 존재여
길바닥 설거지는 내가 맡으리니
비리의 온실을 도맡아다오

# 성난 바다

굽신 굽신
다가오는 듯하더니
손바닥으로 사정없이
땅 끝을 후려친다

폐기물 버린 죄
오수를 버린 죄
각종 암을 유발시킨 죄
각종 장기를 훼손시킨 죄

바다가 좋다면서
당신은 바다를 얼마만큼
아끼고 있는가
그의 건강을 체크해 본 적 있는가

조석으로 노을빛 어리면
금빛 바다라고 칭하면서
환장하는 당신은
그의 아픔을 얼마만큼 알고 있는가

갈매기들이 떼를 지어 비듬을 털어도

손색없는 바다
물새들이 쉴 새 없이 부리로 쪼아도
상처 없는 바다

그곳에 희망과 꿈이 있고
그곳에 낭만이 있다면서
당신은 지금
얼마나 바다를 염려하고 있는가

# 성도일

산야의 설꽃
한아름으로 뭉쳐진 성도일에
나는 부처를 그리다가
사뭇 그리다가
옷을 벗고
살옷까지 다 벗고
희고 흰 산야를 거닐었네

물상인 듯 아닌 듯
나로부터 머얼리 앞쪽
용수철처럼 산을 돌아오르는
그 무엇에 이끌려
산야를 거닐었네
온종일 하염없이 거닐었네

물상은 오간 데 없고
나 언제
비를 짜낸 구름보다 가볍게
산꼭대기에 올라
관절이 굳은 그날의 붓다를
그리워하네

# 성스러운 바다

영원히 멎지 않을 심장
저 싱싱한 알몸에
누구라도 손대지 마라
침 흘리지 말며
바다는 소녀
거기
아무 행위도 말라
조달되는 은혜 외는
탐하지 말며
보이는 것 외
비밀을 캐지 말며
그가 뭐라고 하기 전
심지어
거의 배설물도 치우지 말라
하늘도 바다를 들여다보아야
제 모습을 확인할 수 있는
저 성聖스러운 전당殿堂을

# 성추행

바람이 바람났다
어제는 나무들을 뒤흔들어
떨어진 낙엽들과 길거리에서
그 왜 있잖아!
개처럼

바람이 바람났다
지나가는 여자들이며
버스를 기다리는 여자들까지
그 왜 있잖아!
못된 짓

나는 보고도 못 본 척
눈길을 피해 보지만, 그러나
하고 싶은 마음은
바람보다
더하면 더했지…

늙으나 젊으나 모든 여자들은
집 앞에 다다르면
헝클어진 머리와

옷을 손질한다
아내를 좋아하며 반기는 남편
바보가 뭐 따로 있남

# 세기의 참회

바닷물이 찰싹찰싹
종아리를 매질한다
맞아주마 치고 또 쳐라
갈수록 변색되는 세기世紀의 피
펑펑 터져 흘러
빈 대롱처럼 혈관이 비워질 때까지
치고 또 쳐라

바다 속 어디엔가 남아 있을
태초의 원액
그것으로 다시 맥박만 뛸 수 있게
해 주겠다면
지칠 줄 모르는 물결의 관절처럼
나의 관절을 성하게만
해 주겠다면

퇴적층 나이테를 따라
지구의 원년을 찾아 나서리라
세월이 갉아먹은 암벽 아래
길이나 내놓아라
대륙의 언저리를 돌고 돌아 이대로

태초의 신神께로 나아가
인류 말세 원흉이 왔다고 고하여
내 어찌하던 용서를 구해내리라

# 세상에 대하여

세상은 모두를 위해 차려진 진수성찬
밥상이다
눈이 휘둥그레진다
침이 끓어 넘치고
어느 그릇에 담긴 것부터
먹어야 할지
손이 떨리고 발등이 저려온다

세상은 모두를 위한 별별 것들을
나열해 둔
거대한 장터다
각양각색의 필수품과 먹거리
어느 것부터 거머쥐어야 할지
동맥이 세차게 흐른다
충혈이 된다

이렇게 만물상 같은 세상에 누가
잡티 같은 총칼이며
철조망을 가로 질렀는가
나의 누이들이여
나의 두 아우여

# 세상은 미쳐 있다

미쳐라! 살고 싶으면 무조건 미쳐라
세상 따라 미치지 않으면
밟혀 죽나니
미칠 일이 없으면 광대 춤이라도
춰봐라
미친 자가 많을수록 세상은
회복된다, 미친 자들도 회복된다

# 세상은 온통 시詩

세상 만물 중에는 시詩
아닌 것이 없다
최상으로 아름다우면서
최상의 흉기로 돌변할 수
있는 시詩
넘어지거나
길을 잘못 걷다가도
시詩한테 받치면 중상
사망에 이른다
시詩가 뭉쳐 만들어진 세상
내버릴 것이 전혀 없는
두려울 것도 없는
주먹밥같이 소중한 시詩

# 세상은 장터

땅거죽은 온통 장돌뱅이 세상
파는 사람
사는 사람
알고 보면 하나같이
야바위꾼
광대
호리꾼
마술사

장돌뱅이 아닌 사람 만나 보기란
바다에서 용왕 만나기
바람도 몸 누일 데 없어
옹기전 빈 항아리에 숨어들어
흐느끼는 장바닥

무소유가 무소유를 찾는 걸음
달빛만큼 무거운데
파장길 노을 무리
저들끼리만 거나하다

# 세월과 삶

세월을 본 사람은 아무도 없다
무형無形
무취無臭
무색無色
그러나 그는 존재存在한다
숨을 쉬며
상하 좌우 자유자재로 바퀴를 굴리며

드러난 것은 언젠가 소멸消滅한다
유형有形
유취有臭
유색有色
소멸하는 것들이 가진 태엽胎葉
태엽이 다 풀리면 되감지 못하는 것이
산자(生者)의 결점缺點이다

세월은 우리들을 추락시키는 무서운 존재다
나무가 과일을 떨어뜨리듯 사정없이 말이다
우리에게 남은 과제課題는
태엽에 얽매이지 말고 서로 사랑하며
아끼다가, 꽃처럼 지는 것이다

# 소년의 일기

세상에 나와서야 비로소 세상을 알았다
어둡고 칙칙하고 시끌벅적한 줄 알면서
열 달이나 감금시키다니
대꼬챙이 하나 없는 벌거숭이로
나는 굴욕 당하고 만 것이다
주인 나와라, 나의 원수여!

# 소동

컹컹 짖어대는 개소리
바람에 흔들려 저절로 벌어진 창문 틈새
조간신문 배달부가 뜀박질로 왔다가
뜀박질로 사라지자 새벽바람이 끼어든다

눈까풀이 무겁게 걷혀지고
어둠 속에서 동공이 공회전을 하다가
형광등 불빛이 사방을 밝히자
사물들을 판독한답시고 부산을 떤다

서릿발이 창문을 걷어차는지 덜컹덜컹
TV 일기예보가 영하 5°라고
체감온도 8°라고
몸이 전기장판에 붙어 떨어지질 않는다

얼음물에 머리를 감다가
잠들기 전 간신히 꾸며 둔 詩 한 구절
세상에 이럴 수가!
아! 그게 어떤 건데 비눗물에 씻겨 나가다니

# 소록도 가는 길

문득 뒤돌아본 길
불거진 척추
뒤틀린 모가지
진물 타내리는 나무들이
지나온 길을 메우고 섰다

내가 남긴 발자국들이
문둥이 나무로 자라
나도 모르는 사이
내 치맛자락을 붙들고
기를 쓰며 따라오고 있었다

갓난 것은 아직
탯줄 그대로 이어져 있고
다 자란 것들의 감시에
도망치기엔 너무 늦은
아, 나는 문둥이 어미였네

내 가는 길
소록도 가는 길인 줄 몰랐네
파도는 갈수록 거칠고
돌아갈 배 없는데
저 많은 아이들 어쩔꼬

# 소리 없는 계절

온 대지를 칼부림으로 활보하던 무리들
그들이 제풀에 지쳐 쓰러지자마자
숨어서 망을 보고 있던 우리들이
하나, 둘씩 신발 끈을 조여 맨다
승전보가 알려진 이상
지상에 낙원을 세우기 위함이다

고개 떨군 패잔병들이 퇴진할수록
대지의 꿈틀거림이 갈수록 빨라진다
손에 잡히지도 않는 잡초에서 고목까지
신출귀몰하게 숨었다가 나온 동족들이
제각각 분담을 받아 성미도 급하게
형형색색 수를 놓기 시작이다

묵직한 잿빛 구름이 대지의 껍질과
냉기류까지 걷어간 한동안은 저들도
숨어 살아야 할 것이다
지난밤은 잠도 설쳤는데 새벽부터 짖는
산까치 소리가 거슬리지가 않는다만
떠난 것들이 그리울 때가 있을 것이다

# 소멸

얼룩진 내 아우
업장 지워내느라
흰 구름 어느새 때 잔뜩 묻었구나
몇 천 번 닦고 또 닦아
과거 세 업장까지 말끔히 지워
고맙구나 구름, 구름아
순식간에 놓친 아우라서 아무도
손 쓸 수 없던 터
물이 되어 지상에 내려설 네가
내 아우 혼백 위해 몸 풀지 못하고
허공에서 대신 자비를 베풀었구나
천상천하 유아독존
너는 구름이 아니라 부처로세
최소한 보살이로세

# 소유의 존재성

타고난 몫도
간수하기 어렵거니
잃을 일 뻔한데 쓸어모아
무얼 할꼬

저 무거운 책가방이며
날카로운 도구들
명패名牌며
훈장勳章에 이르기까지

바람 앞에 내가 섰나니
바람보다 빠른
운명
나를 알 시간조차 빠듯해

밤새 꿈을 품던 이슬도
간 데 없는 이 아침
쌓고 쌓는 일 알 수 없지만
영원토록 숨쉬는 건
채울 줄 모르는 하늘 뿐

# 소풍

내 작은 손잡고 소풍가던 울 옴마
선생님보다 울 옴마가 훨씬 예뻤다
왼발 오른발
이리 폴짝, 저리 폴짝

봄소풍 간 곳은
하늘보다 넓은 바다가 기다렸고
보따리 속에 갇힌 도시락 반찬은
바다를 어서 못 봐 안달이 나기도

가을소풍 간 곳은
단풍이 물들어가는 널따란 산 속
새들이 날아와
도시락부터 열라고 난리가 났었지

이 다음 소풍은 아주 먼 나라인데
옴마야!
그때도 내 손 꼭 잡고 가겠다고
손가락 걸고 약속하자!

# 속물俗物

입을 벌린 여우골 골짜기
어금니쯤 보이는 바위에 앉았노니
멀리서 보이던 여우는 보이지 않고
그 울음마저 들리지 않고
난데없는 그림자
지독하게 검은 여우 한 마리
바위 아래 개울에서 어슬렁거린다
내 몸짓 따라 꼼지락거린다

# 손발 없는 일기

꼭 천만 년만에 만난 친구 같은
새해 첫 달력과의 포옹에 앞서
지난 한 해의 아쉬운 순간이
너무 허무하여 그동안의 일기들을
대충 뒤적여 본다
따지고 보니 목구멍만 뚫려 있고
손발이 없는

오륙도와 조도 사이를 쉼 없이
느긋하게 드나드는 수많은 화물선들
그들은 날마다 보람된 일을
얼마나 부지런히 했기에
컨테이너마다 빽빽이 채웠을까

나의 일기장은 눈을 비비고 봐도
옳은 건더기 하나 없다
일 년 동안 필름 없는 셔터만 계속
눌렀던 것이다
오늘부터 벽에 황칠이라도 하여
섣달그믐에는 화물선에 실어야겠다

# 솟는 해

수평선을 비집고 나오는 것이
음핵인 줄 알았더니
오호라, 태양이구나!
저 붉고 둥근 주머니 속에
어젯밤 꾸었던 내 꿈이며
오늘을 보내야 할 내 일상 기록이
낱낱이 들어 있을 터
운동회 때 모래주머니를 던져
둥근 바구니가 벌어지면
오색 종이가 터져 나와
점심시간을 알리듯
이른 아침부터 터져 보거라
오늘의 내 토정비결이 궁금하다
오! 찬란한 너의 출정에
세상이 새롭나니
바다며 산야의 뭇 중생이 깨어나
기지개를 펴고 있는 이때
나만이 네게 넋을 잃고 있구나

# 수동으로 사는 삶

나 태어날 적
리모콘을 빠뜨리고 가져 나오지 못했다
어머니는 나를 완전 수동으로 키웠고
나는 나대로 순 수동으로 자랐다
잠을 잘 때도 스스로 몸을 눕혀야 하고
식사도 완전 수동으로 한다
전자제품 수리점에 가서 고칠 수만 있다면
빚을 내어도 고치고 싶다
만사가 왜 이토록 어렵고 힘이 드는지!
수동으로만 살아가는 이 한 몸
지금에 와서 리모콘을 생각한다는 건
장대로 별을 따려는 어리석음이다
귀가 따갑도록 초고속으로 달리는 세월
차라리 어물쩍 어물쩍거리느니
세월의 톱니바퀴에 끼어 사라지고 싶다

# 수목원에서

봄볕 엷게 스며드는
수목원

눈 뜨고 보면 봄
눈 감으면 가을 느낌

솔솔 스치는 바람
봄과 가을의 혼례

푸른 초목과
만산홍엽 겹치는

눈 뜨면 모여들고
감으면 흩어지는

있어서 좋을 수도
없어서 좋을 수도

눈 속, 눈 밖
수목원만 가득

겹쳐진 이 계절
잡아둘 수 있다면

# 수평선

평면으로 잘 다듬어진
수평선을 바라보면
날개 없는 이 몸 야속도 하다

갈매기들은 수평선에 날아가
무엇을 보고
무엇을 품고 왔을까

꿈 가득 얻어 왔을까
먹이 가득,
아니면 용왕을 만나고 왔을까

해당화
눈물 뚝뚝 흘리면
어머니처럼 안아주는 저 바다

한 치 앞만 보지 말고
멀리 보고 걸으라고
아른아른 멀리서 귀띔질한다

# 숨가쁜 황혼

백발의 칠순 노인이 전동차 안에서
무시로 풀려나간 운명을
뜨개질바늘 두 개로 끌어모으고 있다
수많은 털실 중에서 하필이면 황혼색
남아 있는 운명의 시간들을
가둬 놓고 싶은 건가
촘촘히 엮어가는 손길이 쫓기듯 바쁘다
승객들은 하나같이 정차역 안내방송
쪽으로 촉수를 곧추세우고
세월은 예외없이 노파의 몫까지
전동차 밑으로 술술 빠져 나가고 있는데
돋보기를 관통한 노안老眼의 동공은
대바늘의 회전력에 휘말려 헤아리질 못한다

# 숲 속에서

겨울이 되면 모두들 마술에 걸린 듯
모진 잔디까지도 허물만 남기고
땅 속으로 명줄을 숨기는 터
넌 잠시 겨울 맨땅에 누워 있긴 해도
눈 퍼렇게 뜨고
세상을 응시하고 있구나

잠들 줄 모르는 불면초不眠草
죽을 줄 모르는 불사초不死草
그늘지고 바람 잦은 세상사에
너는 분명
신神이 보낸 파수꾼이며
낮은 곳을 샅샅이 비추는 신생 등대다

단순히 꽃 한 번 피우기 위해
휘둘러대는 동장군의 칼을 토막 내며
몸을 감추려 하지 않는 것이 아니라
모든 것을 잃고
절망 속에 빠져 허우적대는
모두에게 사다리가 되기 위함인 즉

기진맥진한 자들이여
있는 힘을 다해 여기 이 숲속으로 와서
맥문동이란 다년초多年草를 보아라
굽었던 허리가 빳빳이 일어서고
무한정 마음이 열려
찾고자 하는 모든 것들을 되찾게 되리니

# 숲 속의 나비부인

원시림 사이로 빨간 보도블록이, 언덕 위
음대 교육관까지 깔려 있는 신세대 오솔길
양쪽 구두 속에 음계 다섯
음계 다섯
양손에 음계 다섯
음계 다섯
책갈피처럼 몸 속에 들어있을 더 많은 음계들

삼삼오오 짝을 지은 악보들이
분 냄새를 날려가며 언덕으로 오르는 가운데
교육관에서 새어나오는 그칠 줄 모르는
잔잔한 연주곡
나비들끼리 춤을 추는 무도장 같은 이곳에서
나 이대로 늦은 밤까지 자리를 뜨지 않는다면
어여쁜 나비부인 하나 만날지도 모른다

# 숲의 초대

유심히 호수를 들여다보고 있을 때
호수는 날더러
숲으로 가보라 했다

산문 밖까지 나와 기다리는 숲은
언제부터
나를 기다리고 있었을까

들국화 옆에 누웠자니
언젠가 하늘로 날아갔을 때
이쯤에 옷을 벗어둔 기억이 난다

숲은 나를
밤새 피워낸 하얀 꽃에 태워
새벽 일찍 하늘로 날려 보냈었지

물이 내게 숲을 비워주고
호수로 가 나앉은 걸 보면 내
또 한 차례 옷 벗을 무렵인가

# 슬픈 음악

내 삶의 오르가슴은
커피를 마시며 슬픈 음악을 들을 때마다
하늘의 중량만큼이나
아주 무거운 음악을 들을 때이다
가슴에서 눈까지 눈물이 차오르는 동안은
그보다 아름다운 슬픔은 없다

하얀 이빨을 드러낸 이팝나무 꽃들의
환호 속에
나는 동아줄을 타고 강 건너기를 한다
고독에서 열애의 저 편으로
음악은 나에게
잊혀져 간 여인을 찾으란다

텅 빈 들판
허수아비의 시선 쪽에 국화꽃 마차가
언덕을 오르고 있다
살다가 숨이 끊어지면
지상보다 한 계단 낮은 곳에 안주하는 법
마차에서 내리는 사람은 여인이다
현비유인……

내가 찾는 여인은 아니리라
낮은 곳의 구덩이 집, 천정이 너무 붉다

펄럭이는 만장은
이별의 무대 지휘자의 옷소매
슬픈 음악이 오후의 언덕을 뒤흔든다

# 詩

詩詩
미치광이 같은 여인
창녀 같은 여인
성춘향 같은 여인아

詩詩
요염한 알몸
다가서면 잽싸게
온몸 가리우는 여인

너를 끌어안으려면
혼미의 구덩이로 나를
밀어 넣는
오 아름다운 마녀야

불타는 저녁 하늘보다 황홀한
너는 내 사랑
미망인 없는 나의 주검을
네게 맡기노라

# 시詩를 찾아서

시야詩野가 흐릿해서
돋보기를 땅 위에 밀고 다니면서
유심히 관찰한다

시건방지게 나를 놀리는 것들도
있지만, 내가 그들을
대하는 대로 곧잘 말을 듣는다

시시한 것들도 없지는 않지만
내가 그들보다 지위가 높으니
애써 안달할 필요가 없다

돋보기에 땟국이 묻도록
시야詩野를 훑다가 보면
천사 같은 것도 더러 있지

때로는 미친 것도 있고
정신병원 뜰에는 아주 많아
골머리 아플 때도 있다

그들을 불러 모으기 위해
한밤중에 일어나, 몰래
탈출구를 뚫어 보기도 하지만

# 시詩에게

얼굴 없는 모습에도 너의 마음은
대륙보다 넓고
감도는 향기, 나를 키운
어머니의 젖내음보다 진하다

너와 내가 마주하면
말이 없어도 몸짓이 없어도
세상 얘기 풀어놓고 행복을 나누며
때로는 눈물까지 나누며

우리가 서로 사랑하는 줄
아무도 몰라 너는 내가 숨겨둔 여인
내 아이를 가진 여인
다가올 임종은 네가 있어 좋겠다

# 시월이면

시월이 오면
끝간 데 없는 허공 멀리
님의 모습 더더욱 희미해져 가고

시월이 오면
떨어지는 낙엽 사이로 그리움, 우—
내게로 몰려 와

풍요라면 풍요
아리도록 가슴 뻐근한 사념에
눈물겹도록 달가운 시월

낮은 흡사 님의 속옷인 듯
밤은 님의 그림자인 듯
서른 날이 내내 님의 제삿날 같아

게걸음 치는 만월에
꿈길 같은 시월
시월이 오면, 시월이 되면

# 시작詩作

울다가
웃다가
바람
비
노다지 맞아가며 한 닢
한 닢 따다가
깻잎처럼 쟁여
달 푼 지나 꺼내 보니
벌레가 이분지 일
일 년 지나 꺼내 보면
썩은 것이 열에 아홉
시집 한 권 엮기까지
파지가 무려 한 짐

# 시장

본처가 낳은 광어와
계모가 낳은 도다리는
만나기만 하면 눈(目)싸움이다

진짜로 늙은 대추를 무시하고
자기가 제일 나이가 많은 척
허리 구부리고 있는 마른 새우

사창가 유리방 같은 수족관
꼬리를 살랑살랑거리며
지나가는 남정네들을 유혹한다

비아그라 근처에도 안 갔다는데
빳빳하게 서 있는 콩나물
대가리를 보니 끝내 주겠다

손님이 하나도 없는 죽집
팥죽, 호박죽, 깨죽, 전복죽
정말 죽치고 있다

# 시집詩集 사이소

이따금씩 괜찮다 싶은
시를 낳고 나면
만석꾼도 부럽지 않은데
식구들의 가자미눈만 보면
금방 시장기가 든다

언젠가 제철 만나리라
시래기처럼 엮어 가다가도
넨장
인스턴트에 물든 세상
고리타분한 순수는 뭐꼬

어렵사리 시집을 내봐야
갈치 한 마리 사먹기 힘들고
세 권 팔아
한 마리 사먹는다 쳐도
어디 팔려야 말이지

즉석 구워낸 붕어빵도
한 마리 333원인데
산고 끝에 낳은 시
한 권을 놓고 따져보면 고작
편당 오십 원 꼴

# 신에게 감사를

십자가보다 편안하신 신이여
만다라보다 황홀하신 신이여
동쪽으로 가고 싶다면
흔쾌히 동쪽을 함께 가 주시고
지하로 내려가고 싶다면
망설임 없이 그 침침한 곳까지
함께 가 주시는 사랑이여
대자대비여
당신은 자신의 몸을 아끼지 않고
산으로, 들로, 바다로
내가 원하면 죽음의 문턱에까지
따라와, 나의 소생을 묵묵히
지켜봐 주시는 천지신명보다 나은
신이시니
어렸을 적에는
당신의 위대함을 너무 몰랐기에
나 때문에 자주 몸을 상하여
당신의 상한 곳을 어머니께서
꿰매주시기 일쑤였으며
성치 못한 몸일 때도 철없는 나를
너절한 세상바다에서 지켜 주심에

오! 당신은 참으로 거룩하신
상표는 비록 제각기 달라도
온 인류의 위대하신 신이로소이다

# 심불心佛

억겁을 간다 해도
성불成佛은 쉽지 않나니
어리석은 자들이여
여태 익힌 것
깡그리 팽개쳐라
숨 몇 번 들이킬 짧은 시간 동안
심불心佛을 해 보라
즉, 내가 지금 부처다, 하고
곧 그대로 실행을 하면
그것이 부처 아닌가
뭘 그리도 까다롭게
야단법석들인가
사부대중이여!
청정한 마음이 심불이고
그 심불이 연속되면 곧
부처이니라

# 쑥

봄이 눈을 뜨기 전부터
남 먼저 세상밖에 나와
키는 쑥쑥 잘 자라건만
모자라는 것이 많아
지랄병에 걸린 동족들

쑥국새 울면
목구멍이 없어
쌓였던 서러움도
토해내지 못하고
쑥쑥 먼 산만 바라본다

만병에 효험이 있다 하여
그들 이름이 나보다 널리
알려져 저승에는
품귀현상까지 났다 하니
저승 가서 쑥이나 팔까

다리를 다쳐 굶어죽을 판
저승에 가 있는 친구의
소식만 알면
택배 있어 좋은 세상
장사나 할 걸

# 아가야

지금쯤 나의 부처가 어디에
있어야 하느냐 하면
당연히 나와 함께
있어야 함이 옳음에
아가야! 네가 성장할수록
나는 자꾸 늙어짐에
너와는 반대로
자꾸만 역逆으로 달아나니
머지않아 상상조차 어렵겠구나

내가 망가지면 멀어져 간
부처도 망가질 일이니
나도 부처도 같이
망가지고 없을 일이니
아가야, 참 귀여운 아가야!
네 불심佛心 조금만 떼어
내게 양보할 수 없겠니?
하루 빨리 나의 부처를 만나
함께 갈 곳이 있거든
나 그곳에 가 있는 동안
네 부처, 네게 꼭 붙들어 주마

# 아그배 나무

학교 정원
공부는 마다하고
시월 햇살에 졸고 있는 나무들
그 틈을 노려
꽃들은 향기를 터뜨려
매춘을 일삼는다
노출된 알몸과 은은한 향기에
금세 혼이 빠져
몸을 내맡기는 벌과 나비들
그중에서 덩치가 제법 큰
금목서 나무는 나를 덮치려
운동장 한 바퀴를 돌 때마다
진한 향기를 퍼뜨린다
혼자 걷기엔 위험지대
아그배의
붉고 큰 눈알들이 없었다면
나도 한 번 당했을지 모른다

# 아리랑 목탁

청산이 그립다만 극락보다 멀구나
나 무슨 죄로 토막 나
화폐 제조창 같은 법당 안에 갇혀
몰매 맞기 밤낮인고
나에게 매질하는 자는 성불하지 못하거늘
행자야 너만은 날 그냥 두거라
넘어지지 않고 당도하려면
형상을 걷어내고 소리 또한 걷어냄이라
잿밥 한술 먹여 주는 일 없이
이 무슨 학대더냐
절간이 살찌면 연화세계 좁아지고
연화세계 좁아지면 부처 설 땅 없나니
행자야
물통마다 물은 가득 채웠느냐
신명난 네 스님 가사장삼에 불붙겠다

# 아버지의 바다

아버지에게 바다는 풀 한포기 없는
사막, 그 자체였다
식솔들을 위해
어망을 싣고 노를 저으며 그 바다를
쉴 새 없이 드나들었다
이따금씩 폭풍을 만나면 배는 낙엽처럼
갈피를 못 잡는
그래도 아버지는 파도와 싸워가며
그물을 던지고, 또 던지기를 한평생

대다수 걸려드는 건, 짜디짠 눈물뿐
한평생 쏟은 눈물이
그때마다 바닷물이 되어
오늘날 땅끝을 야금야금 삼키고 있다
보라, 저 바다의 물빛을!
내 아버지의 청춘이 삭아 내린
푸른빛이라고 누가 믿어주겠는가
지금의 내 아버지는 등대가 되어
붉은 눈으로 바다를 지키고 있다

# IMF 무대극

태어날 때부터 나는
IMF를 익혔지

지금은 아주
익숙한 편이다 보니

IMF에 놀라
까무라치는 사람들

흡사
연극무대 삼류 배우

사과박스만한 내
냉장고엔 김치통 하나

쌀통에는
윤기 잃은 묵은쌀

이것
넉넉한 살림인데

오랜만에 누이
반찬 몇 만들어 오면

세상 만물 보기
참으로 미안해서

살림이 가난함은
작은 가난이며

마음이 가난함은
더 없는 가난이려니

# 아침 예불

뭔가가 타 내릴 듯한 산비알
내 것이라곤
개 집 한 칸 없는 빈민촌의
허름한 셋집에 마련된
곰팡내 풍기는 기도 방
어디서 우러나는 환희심인가
환희심을 둘러싼 대광명인가

빵이며 물이며
내게 지금은 쓸모없는 것들
부러질 듯한 관절
간신히 반가부좌하여
관음보살과 마주하고 있으니
이 거룩한 만남
눈부심이여, 영원하라
빈민촌 붕 띄워 극락이게 하라

# 안거

헐떡한 저 암캐 미천해 보여도
오하를 건넜으니
성불의 길 천리는 줄었으리

동구 밖 장승 멍청도 하다만
십안을 버티었으니
성불의 길 만리는 줄었으리

육경에 사로 잡혀
하룻밤도 못 미친 내 안거
소야 소야, 이리로 돌아오라

# 어떤 승전

이 비가 그치면 분명 난리통이 벌어진다
동토의 지하에서 전쟁을 끝낸 병사들이
청색 깃발을 들고
지표를 박차고 쏟아져 나올 것이므로

승전의 병사들이 들끓으면 지상은 온통
부산한 축제 분위기
개들은 오줌을 질금질금
늙은 봄처녀 애간장 뒤집힐 것 같다

오랜 축제, 매화 · 벚꽃 · 개나리 · 진달래
군무가 물결을 이루고
죽순이 승승장구 최고의 별들을 타고
승전의 지휘를 이끌고 갈 것이다

이 비가 그치면 분명 난리통이 벌어진다
엄동에 오므라든 우리들의 가슴과 어깨
또한, 거리마다 궁상맞았던 표정들
이 비가 그치면 분명 팔자 확 트일 것이다

# 어머니를 위한 날개

팔순이 훨씬 넘은 어머니
어머니!
저에게 날개를 달아주세요
마디마디
뼛속까지 아픈 상처를 안고
험준하고 낯선 길, 나중에
어이 홀로 가시렵니까
사흘이면 닿을 길
앉았다가 서너 발
앉았다가 서너 발
천년도 더 걸릴 길을
그 고초 다 어쩌시렵니까
지금도 서 발 길이 힘겨운
눈물 많은 어머니!
더 늦기 전에 제발 저에게
넓적한 날개를 달아주세요
그림 같은 세계에
단숨에 모셔 드리리다
보나마나
혼자 가다가 넘어지시거나
길을 잃고, 제 꿈속에 나타나

울고 계실 어머니
제 가슴에 못질하지 마시고
늦기 전에 어서
넓직한 날개를 달아주세요

# 어버이의 실개천

세월은 아주 오랫동안 무슨 앙심으로
내 어버이의 그 매끈했던 이마와
손등에
수많은 실개천을 일궈 놓았다
물 한 방울 흐르지 않는
아무 소용없는 실개천을

희비喜悲의 눈물샘마저
꽉 틀어막아 버렸으니
쪼그라든 애간장인들, 마른 장작이나
무엇이 다르랴
정수리를 에워싼 하얀 억새꽃들이여
너희들은 알고 있느냐

믿을 수 없는 세월을 밀치고 지금 당장
이 불효자가 서둘러야 할 일은
비지땀을 흘려가며 어버이의 모습을
내 가슴에 옮겨 놓는 일
어버이여! 가실 적에는 부디 잊지 마시고
발자국 뚜렷 뚜렷이 새겨 두고 가소서

# 어수선한 도시

도심에서도 흔히 볼 수 있던 제비
서양 건축물보다 조선 건축물에
그것도 초가집 처마 밑에서 더러
보이던 제비
일탈하여 옛 명성을 되찾고 싶어
제 3지대로 옮겼나 보다
제비 보고프기가 님보다 그립다
이래저래 병들어 가는 도시
제비들아
제비족들한테 꼬여간 건 아니겠지

# 어정쩡한 계절

바람 무리 스칠 때마다
우수수 낙엽 쏟아 붓는 계절
갈 길 제각기 다른 줄 알면서
개중에는 열매 하나씩 붙들고
떨어지는 낙엽이 있는가 하면
건장하던 이웃집 중년 부인
암 덩어리 유방 속에 감춘 채
갑작스레 저승으로 떨어졌다고
저수지마다 불어나는 진객인
겨울 철새들과 달리
멍하니 떠나는 자들을 바라보며
파랗게 질려 있던 동백나무들이
가지마다 울컥 울컥
응고된 붉은 눈물 터뜨려대는
어정쩡한 이 계절
수술대에 올려놓고 계절의 내장을
파헤쳐 보고 싶은 지금의 내 심정

# 어진 이

어진 자에게도 악惡이란 반뿌리가 존재
가끔씩 그 면모를 보인다
무생물에 이르기까지 눈에 띄는 모두가

유독 눈에 띄지 않는 바람만은 다르므로
선과 악 그 아무것도 지니지 않았음에
그를 꾸짖는 자 죄악을 쌓음이다

천지간 신선神仙 중 신선인 그를 나무는
나무대로, 물결은 물결대로 공공연히
눈에 보이는 것들은 그에게 시비를 건다

건물과 배의 전복은 바람을 건드린 죗값
귀신을 탓했으면 했지 바람을 미워 마라
공기 다음으로 없어서는 안 될 바람

그냥 지나치는 그를 본 적 있는가
말을 걸어 보았는가
만져보았는가, 만져보니 어떻든가

# 어쩌다가

아파트 밀집지역 도로변 어귀
뱃심 좋게 자리 잡고 있는
포장마차
작은 키를 원망이라도 한 듯
자르기 바쁘게
꾸역꾸역 순대를 삼켜대는 여인들
창자라도 키워보자는 것인지
그래 봐야 크기는커녕
뱃가죽만 늘어져 금방이라도
먼저 생긴 창자부터 배꼽을 열고
삐져나올 것 같아
먼발치서 보기에 몹시 불안하다
호랑이는 죽어서 가죽을 남기고
사람은 죽어 이름을 남기고
돼지는 죽어 창자라도 남기는데
나 비록 사람이긴 하지만
남들처럼 남길 이름이 못 되니
부모 형제, 자식 보기 참으로…

# 언약

타다 남은 불씨는 가라
우리에겐 불 켜진 백열구보다 뜨거운
사랑이 있다
비록 백열구가 뜨겁다 해도 우리에겐
정전停電은 없다
꽃이 아름답기로서니
향기롭기로서니
감히 우리들의 사랑에 비할소냐
온통 여기저기서 죽었다는 보도들
죽긴 왜 죽어
천만 년 사랑을 나누며 살 것이지
죽긴 왜 죽어!
사랑이 없는 자者는 멀리 가라
거름무더기 속에서 풍기는 악취
사랑이 없는 자는 그와 같음으로
태양이 삭아 없어지면 끝맺자고
언약한 사랑
나는 태양을 믿는다 태양도 우릴 위해
쉽사리 삭아 내리지 않을 것임을

# 얼굴 · 1

낮 동안
접어두었던 두루마리 활짝 펴면
별들이 장신구처럼 따라 나온다

허공이 패이도록 그려대던 얼굴
미처 거들떠보지 못했던 그 님
영혼부터 별 속에 밀어 넣는다

그도 나를 찾아 방황했단 말이지
쉴 새 없이 별빛 내려
얼어붙은 가슴 녹여주는 걸 보면

그쪽에서도 지금 내가 보이리라
별빛의 체감을 보면 알지!
곧장 갈 테니 얼굴을 가리지 마오

# 얼굴 · 2

배달부가 전해 준 그대 언어들은
내 민둥산 가득
그리움의 숲으로 번식해 갈 뿐
그대 얼굴 너무 희미해졌기에
별이 지고 난 창가는 언제나 빈 액자

지상의 모두가
잠으로 돌아간 깊은 밤이 오면
그대 반딧불 앞세우고
나를 찾아 이 숲으로 오시려나
기다려 보지만
바람 스치는 소리만 예나 지금이나

그리움의 숲을 떠나고파 바다로 가면
숲은 나를 따라와
광활한 무인도가 되고
나는 등대지기
그대는 해녀가 되어

더는 멀리 바라볼 수 없도록
무성할 대로 무성해진 그리움

그 숲에 갇힌 나는 불거져 나온
나무부리에 넘어져 아이처럼 울기도

문득문득 고개 들면
이슬처럼 타 내리는 눈물방울은
뜨거운 가슴에 내려 사리가 되고
억겁을 지나
그대가 내 가슴을 해체하면
눈부시게 남아있을 사리가 되고

# 얼룩진 노래

9월 9일
숫자도 짝이 맞으니 얼마나 좋으랴
오늘 따라 저녁 예불 중
불상佛像 앞에 나타난 그대
우리 또한 오랜만에 짝을 맞추니
그 얼마나 좋으랴
이쯤에서 목탁을 내려놓으랴

앙금 없는 세월이 유유히 흘러가는
세월의 강, 우리 둘 꼬챙이처럼
서로 다른 강어귀에 걸려
합류할 수 없는 두 냉가슴
나는 나무, 그대는 불씨
나는 언제나 추위 속에 살고 있네
그대여! 어서 불씨를 가져오렴

사람들은 저마다 시인이 되고파서
시를 짓지만
나는 그대에게 보내는 노래를 짓다가
시인이 되어
눈물로 얼룩진 시집만 두 가지

# 에너지

태양은 내 머리 위를 지나
반대편 길로 걸어가고 있다
아니, 내가
눈부신 그의 사타구니를 보며
불붙은 몸으로 따라가고 있다

서쪽 산들이 그의 몸을 가리우면
나는 언제나 동쪽 늪에서
어둠과 깊은 정사를 나누다가
그가 다시 동쪽 해안을 뚫고 오르면
아무 일 없었던 것처럼 시선을 돌린다

둥근 외길을 반대로 향해 걷고 있는
우리의 만남은 우연의 일치
수직으로 나누는 짧은 교미에서
그가 사정하는 흥건한 에너지로
내 몸에는 태양의 씨가 움트고 있다

# 에스오에스(S.O.S)


서둘러 하얀 세상을 만나고 싶다
뻘 묻은 몸 내장까지 탈색하여
하얗게 살아보고 싶다

에스오에스(S.O.S)
백의 천사여! 날 데려다 주오
돋보기에 빨려드는 '007' 은 싫어

저울 없는 세상
재물 없는 세상
하얀색뿐인 세상이 그리웁나니

더러움에 물들까 봐 안간힘 써도
갈대 같은 신념으로는
도저히 아니 되네

어서 날 불러주오
티븨(TV) 속은 언제나 난장판임에
그냥 영혼만이라도 데려가 주오

배 터져 죽고, 배 곯아 죽는 세상
심장 조여들어 머물 수 없나니,
백의 천사여! 날 데려가 주오

# 연리지 사랑

꿈엔들 서로 알았겠나
그러니 어찌 남인들 알았겠나
서로 다른 몸으로
서로 다른 삶을 살다가 하나 된
그것도 아주 요긴한 곳만 붙어
미동도 않고
평생 저렇게 살 줄
조물주인들 알았겠나
인간으로 태어났다면
도저히 이룰 수 없는 사랑

서로가 뜨거웠던 손, 제대로 한 번
쥐어보지도 못하고 서로 헤어져
산산이 조각나라 외쳐온 이름
그것이 내 전생이 아닌 이생인데

한 번 불을 지피면 쉽게 꺼지지 않는
연리지 사랑
사람이었다면 알몸으로
이 훤한 노지露地에서 감히 어떻게!
사랑이 진다 한들 그것도 잠시
해가 바뀌면 또 다시 불붙을 사랑

# 연분

허기 잦고 허름한 구제품을 걸쳐도
송진 같은 정 하나면
부귀영화 같은 거 부럽지 않나니
고대광실 높은 집에 고성이 담을
넘어, 오가는 자들 안중에 없는
대감이면 뭘 하고
정승이면 뭘 하나
엄동설한 구걸하여 잿불 피워놓고
이마 맞대어 하루 세 끼 챙기면
낯선 고을 두루두루 다니며 꿩 먹고
알 먹는 깨소금 같은 사랑임을
환생하여 다시 만나도 이 삶이라면
연분이 아니라도 등 돌리지 않으리

# 엿 만들기

엿 파는 일은 출판사이니
남의 일이라 제쳐두고
중년 나이
때늦게 엿 공장 차린 지
강산이 한 번 반 홀쩍

엿 종류 하도 많아
처음 두 판은
부처 엿을 만들어 보았지
부처가 되지 않고서는
할 짓이 못 되더군

연애 엿을 만들기로 하고
가슴 속 그리움을 꺼내와
몇 년간 세 판을 만들어
출판사에 주었지만
글쎄, 매 번 말이 없으니

요즘도 불살은 약하지만
엿 솥 아궁이엔
여전히 불씨가 남아 있어

언젠가는 큰소리 칠 날
있을 것 같기도

잡히는 대로 솥에 넣고
조심스레 저어 보긴 하는데
씹으면 씹을수록
맛이 그게 그 맛이니
참, 엿이나 세월이나 어쩜

# 영구보존

발효가
잘
된
사랑은
썩
지
않는다

# 영원한 이별

너는 뻘밭에 갇힌 갈대 나는
너를 구할 수 없어 언덕에 올라
맨발 동동 구르는 억새

너와 나 만남을 위해 산과 강이
맞바람 일으켜
다리를 놓겠다고 강풍으로 애써도

그리움의 수치는 수직으로 치솟고
만남의 공간은 평면으로 벌어져
손끝 맞닿기란 애절한 곡예

우리에겐 일찌감치 정해진 이별
하얗게 꽃잎 무너져
둔치에서 만나 볼을 비빈다 해도
지금의 인연 그때 가서 알 수 없어

# 예측불허

춤추는 노예
시를 짓는 노예
권좌에 오른 노예
어떻든 삶이란 죽음의 노예다
누구나 이 순간까지 살아 있다는 건
죽음이라는 주인의 지시에 따르고 있다는 것
내일 당장 죽음이 삶을 포기하라면
주인의 분부에 따라야 한다
성미 급한 주인에 끌려
내일이란 항상
예측불허

자타를 위해 행할 수 있는 기회는 오늘 뿐이다

# 오두막집

어느 곳으로 가야만 강 언덕에 빈
오두막집이 있을까
어느 쪽으로 걸어야만 이름 없이 살아도 될
외딴집이 있을까

강물에도 오두막집 한 채. 그리고
나 하나
강 언덕에도 오두막집 한 채. 그리고
나 하나

마주 뚫린 창문너머로 나와 나 서로
얼굴 내밀고
진작부터 올 걸…
태어나자마자 곧장 올 걸…

문턱까지 자욱이 물안개 차오르면
흰옷 걸친 아우와 누이 둘
내 사는 오두막집에 들러
함께 가자 하겠네, 외롭지 않느냐고

# The Cottage

To where should I go
To find a empty cottage on the hill by the river?
To where should I take a walk
To find a lonesome cottage nobody know who I am?

A cottage in the river.
And only me
A cottage on the hill by the river.
And only me

Over the window opened through facing each other
Both me and myself open the heart together
Should have come earlier?
And should have come as soon as we are born

When the wet fog is getting thickened densely to the
          threshold
My brother dressed with the white cloth and two sisters
Visit to my humble cottage and they may say,
Let's go together, aren't you feel lonely.

# 옥천사 청련암

노송 수북이 짊어진
연화산
스님도 없는 청련암에
행자들 너댓 모여
저녁예불 올리나니
그 화음에
솔숲이 일어나고
알에서 깬 목탁소리
연화산 위로
극락새 되어 날아간다
내 합장 너머
바깥은 온통 잿더민데
장엄한 빛
여기 극락의 문 열려
관세음도 반이나 취하고
나도 그쯤 취하고
어슴프레 보인다
백팔 계단 옆
만다라꽃 피어오르는 모습

# 외도

몰라라
몰라라
그 절간 주인맘 몰라라
등 흰 중생
날 저물어 들어갈 길
염려인데
벽에다 눈을 대고
십억 국토 밖 그려대는
몰라라
몰라라
그 절간 주인맘 몰라라

# 외딴섬에는

어제는 하루 종일 비가 내렸어요
땅바닥에 부딪치는 아픔보다 더
깊은 상처가 있었기에
비는 멈추지 않고
밤이 늦도록 내렸어요

강으로
더는 바다로 가는 것도 까마득 잊고
그냥 내 곁에 주저앉아
눈물이 마를 때까지 울고 싶다 말했지요

밤새 달래어 겨우 바다로 보냈지만
그는 지금 쯤
외딴섬 바위에 앉아
목놓아 울고 있을 거예요

인어가 되지 못해
비늘 속에 접어둔 첫사랑의 초상화를
꺼내지 못해

# 우담화 · 1

님과 내가 성스러운 꽃이었다는 걸
그대 애타게 찾아헤맨지
수십 년이 지난 이제야 알겠네

그것도 모르고 동분서주
얼마나 찾아 헤맸던가
얼마나 잠꼬대를 해댔던가

님이여!
우리가 서로
아무리 만나려고 애를 써도
삼천 년이 아니면 만날 수 없다네

기나긴 세월을 소모해 가며
지금은 우리 둘 뿌리를 내리는 중
꽃으로 피어 눈에 띌 때까지는
뼈를 깎는 아픔을 견뎌야 한다네

# 우담화 · 2

달 밝은 이역만리
향기 넘쳐 더욱 좋고
한 술 더 뜬 우담화
마음에 넘쳐 좋아라
진작에 못 느낀 것이
내 일생 밑졌어도
우담화 피는 내력
일부러 모른 척
여태 못 넘은 선線
사후에나 생각하리

# 우물가 석류

여인도 가고
세월도 따라가고
조선도
우물도 사라져가고

과거가
현실에 밀린 틈바구니에서
서럽게 울고 있다
낮술에 잔뜩 취한 석류

헐거운 가난을 탄식과
가슴앓이로 때운
조선의
몽당비녀 긴 사연들

나는 보았다
폐가의 우물 터
늙은 석류나무 옆에서
지난 추억을

# 우울한 겨울

하루 종일 내리던 겨울비가 개인 밤하늘
탈수를 끝낸 구름은
비천상의 세계로 뿔뿔이 흩어지고
말목처럼 박혀 운동장을 에워싼 나목들
불 꺼진 학교 유리창에 반쪽 달만이
한탕 끝낸 창녀처럼 힘없이 걸어간다
나무의 바탕도 나목
나의 바탕도 나목
통할 수 없는 벗은 자끼리 어둠에 갇혀
애써 억제하려는 내 속의 생각과
바람이 캐낸 나목의 생각이 어쩜 꼭
쉼표와 느낌표까지 닮을 수가 있을까
전할 데 없는 나의 생각들을 저마다
갖고 있는지 수많은 나무들과 나는
긴 겨울 동안 친구가 되어 바람이 스칠
때마다 함께 일어나 쉴새없이 바람의
노래를 웅얼거려야 한다
그나마 없다면 우울하게 얼어붙을 우리
나무들과 나는 어우러질 녹음을 생각하며
안정제 같은 희망 하나로
그들은 운동장 테두리 안에서
나는 내 삶의 테두리 안에서 꿈틀거린다

# 우주의 유산

저 밤하늘 수 없는 별들을 보라
석가모니는 이미 말했다
인간들이 별 하나씩 차지해도
남는 별이 더 있다 했잖은가
지구는 지금 황폐화되어 가고
인간들은 과학이란 이름으로
가세를 하여 지구는 이제
썩은 과일이나 다름없다
수정같이 때 묻지 않은 별들
우주에 오염이 확산되기 전에
우리는 별부터 보호해야 한다
인간의 본성도 별과 같이
처음에는 수정이었다
별들이 많다고 지구 다루듯
한다면 이 우주에는 한 곳도
살아남을 수 없음을 명심해라

# 운명

침몰할 듯 침몰을 모면하는
나는 표류하는 배
물살에 떠밀려 노예처럼
끌려가는
나는 저문 강의 낡은 배
누가 나를 띄웠는지 건망도
심하여라
닻도 밧줄도 없는

즐비한 여울목 사이
평화로운 포구, 간혹은
눈에 띄지만
닻이 없구나
밧줄이 없구나
바람만 씽씽, 밤으로의 항해가
더욱이 써늘타

어디로 가나
강물아!
개 끌 듯 나를 끌고
어디쯤에 가서 아우성 없는

침몰을 시도하려나
배 밑에 물이 샌다
이것이 네 희망이더냐

# 월척

천 년이나 매달려 있는
처마 끝 월척
부처도 못 먹고
스님도 못 먹고
아궁이 앞에 앉은 동자
군침만 돌고 돌아

# 월천越天

가을산을 분주하게 색색의 낙관落款
찍어대는 걸 보면
기러기떼 길다랗게
가교架橋를 잇는 걸 보면
가을은 이제 천공天空을 건너
윤회의 가장자리로 돌아가려나

제 몸 풀어
유하由河에 알곡무리 가득히 채워 놓고
가쁜 호흡 연이어 쏟아 붓는 것이
세속 인연 잠든 틈
소유所有는 허망虛妄타 하여 떠나가려나

희멀건 지표地表에 도금鍍金 입혀대다가
들고 온 횃불마저 다 타고 없으니
탄 더미 같은 야천夜天 길
혼자 가기 외롭거든 나 불러주오
나 또한 나중, 혼자 가기 외로울까 하여

# 윤회

낯선 외길을 걷다가
홀연히
어떤 마을에 들렀다
마음에 들어서가 아니라
무슨 이유가 있어서가 아니라

짐승도 살고 사람도 사는 마을이라
희비가 자자하다
내, 수십 년 머물다 떠날 마을
정들자 이별은 어디를 가도 마찬가지
다음 마을은 어디가 될지

# 의문疑問 · 1

이른 아침
모든 꽃들이 밤새 울었나 보다
그새 무슨 일을 당했을까
별 아니면
달
아니면
그 무엇이
사람들은 속사정도 모르고
꽃잎에 맺힌 물방울을 보면서
기뻐하기만 한다
나는 안다
이별이 아쉬워 마지막 눈물방울
떨어뜨리지 못해 망설이고 있음을

# 의문疑問 · 2

꽃들이 하나 둘씩 피고 있다
세상이 환해진다
내가 태어날 때도 이랬을까

꽃들이 하나 둘씩 지고 있다
세상이 점점 어두워진다
내가 세상에 태어났을 때는
세상이 환하지 않았음을
이제야 알 만하다
내가 이렇게 살아 있는데도
꽃이 없다고 어두운 걸 보면

지금이라도 길가에 서서
꽃처럼 웃어 볼까
세상이 환해질 줄 모르니까
지나가는 사람마다
나를 보고 미쳤다고 하겠지

짧게 살아도 세상을 환하게
만들어 준 꽃
안간힘을 써도 나는 왜
세상을 환하게 하지 못할까

# 의문사

떠나기는 했지만 어디로 갈 참이냐
올 때는 울음이라도 터뜨리더니
갈 땐, 잿빛 가루만 남긴 채
인생 팔십 절반으로 접어
홀로 슬쩍 떠나버린 멍청아

말라 죽은 대나무는 아무에게나
제 곧은 성품이 병이었다고
속을 다 비워내는데
혼자서 속앓이하다가 살아서 불타고
죽어서도 불타 버린 청춘아!
소리쳐 외치노니
무엇이 너를 혼백으로 데려 갔나

나뭇가지 열 중에 벌써 다섯이나
온 데, 간 데 없이 잘려
늙으신 쌍수나무 땅을 치며 뒹굴다가
뒹굴다가 또 다시 땅을 치는 뼈저림을
너는 아는가

# 이방異邦

세상 같은 세상, 어디 이곳뿐이랴!
님, 이여!
꽃피고 새가 지저귀는 세상
이곳뿐이랴
눈 감으면 아련한 화엄 같은 세상
금방이면 그 곳에 가 닿을 듯하여
영혼 속 고이
님의 모습 챙기고 또 챙겨 보노라
거기, 헤어질 일 전혀 없기로
밤마다 우두커니 별 헤아리는 일
더욱 없기로
이별 없는 그곳을 미리 그려 보노라

# 이 삶이 지나도

당신의 말씀은
말씀마다 껍질 속에 담겨져
깨뜨려 꺼내기가 여긴 힘들지 않습니다

설사 깨뜨려 진여를 만난다 해도
너무 눈부시어
꿈으로 착각할 수밖에 없습니다

비밀은 아닐진대 비밀 같기만한
당신의 말씀, 간직보다는 오히려
누설이 타당한 듯합니다

험준한 사바에 청아하게 흐르는 영원히
흘러 다함이 없을 말씀 앞에
이 누추한 삶까지 전개할 수 있어
때로의 눈물은 그냥 눈물일 수 없습니다

고난에 버물린 삶일지라도 목전 가득
당신과 당신의 말씀 충만하심에
돌아서면 애절히 이 삶이 그리울 것입니다

# 이승 버릇 저승 가도 못 버린다

탐심 많고 질투 많은 놀부
이승에서 지은 과보로
저승 가서 눈알 하나 빼앗기고도
이승의 박덩이를 못잊어
슬슬, 하늘 제일 아래쪽까지 내려와
달빛에 허연 엉덩이 까벌리고 있는
박덩이를 보고 군침 삼킨다

박 속에 금덩이가 가득 들었는지
구렁이가 가득 들었는지도 모르면서
이승에서 혼쭐 한 번 나고도
새벽까지 혼자 남아
시퍼런 독기 품은 저 놀부의 눈빛
여보, 놀부! 박을 따서 올려 줄 테니
내게 천사 한 명 보내주겠소

# 이역異域

산행길이 옛걸음 같지가 않다
심장으로 확산되는 이상 기류
온몸에 전운이 감도는 가운데
무릎에서 비상 사이렌이 울린다

걸터앉은 바위 아래쪽에
어깨가 축 처진 내 또래의 나무가
살아온 내력인 듯 깔끄러운 잔가지를
일기장처럼 끼고

올라서면 내려서야 하고
내려서면 오르고 싶어하는 욕망은
허망한 것이라 하여
외발마저 깊숙이 파묻어 버린 나무들

풍경을 잠재우고 선정에 든 암자
오늘 따라 물어볼 구름 한 점 없는데
어디서 새소리, 지끼 지끼 지끼 지—
화두 한 짐 얻어지고 남은 길 재촉한다

# 이율배반二律背反

두 분께서 낳아준 은혜로 평생을
모셨다가, 가시고 싶다는 곳까지
데려다주면 나쁜 운명일랑 당장
고쳐주마 해놓고 불과
엊그제 일인데 벌써 잊었습니까
기르고 싶어 낳으셨다면
부자간 약속은 지켜 주서야지요
이 몸도 뒤따를 때가 되었으니
무자식이 상팔자, 저는 괜찮아요

# 인류를 위해

평화로워 보이는 밤하늘
아름다워 보이는 밤하늘
생각 같으면 하늘을 바꾸고 싶다

그 대신 밤마다 별들을 낳는 나
셀 수 없는 별을 낳는 나
하늘의 별보다 많은 나의 숫자

눈 깜짝할 새 바꿔치기?
세상을 너무 빨리 바꾸면
난장판이 되겠지!

무엇보다 급한 건
천지분간을 모르는 비행 청소년들과
병들어 오갈 데 없는 노숙자들

통째 바꾸어도 가능할지
전 인류를 위하려다가
오히려 죽탕 쑤는 건 아닐까!

갑자기 장대 같은 소나기가 내린다
별들이 벌써부터 눈치를!
우주의 대이동이란 꿈 같은 얘기다

# 인면수심송 人面獸心頌

펑펑 쏟아지는 눈은
얼룩진 사바를 하얗게 도색하는
비천상의 비듬이네

부슬부슬 내리는 비는
상처 난 사바에 새살 채우는
비천상의 오줌발이네

하늘이 내렸다고 좋기만 하랴
절간 빨랫줄에 갈겨 논 새똥은
누구의 암시더냐

주색잡기는 얼른 물렀거라
비위를 건드리면 왈칵 쏟나니
비천상의 고것에 침몰하리니

# 인연

함구緘口의 대지에 꽃들이 피면
꽃들의 소리 가슴에 와 닿으면
나는 그들을 향해 몽유병 환자가 되어

자세히 들여다보면
눈빛으로 나를 부르는 꽃
몸짓으로 나를 부르는 꽃
모두는 하나같이 나만 불러대

저 목련은 이조시대 내 여인 같기도
저 연꽃은 석가시대 내 선지식善知識 같기도
어느 전생 어느 인연들이
해마다 이렇게 날 찾아오는 건지

겹겹이 맺은 인연, 수도 없이 많아
짐작만 헤아리다 하루해 뉘엿
달빛 기댄 언덕에도
나를 부르는 소리, 날 부르는 몸짓

# 일어서기

화살은 동 났다
유년의 화살
청장년의 화살
태양을 정면으로 받아
타고 있는 재
저녁바다의 채색

이대로 주저앉을 건가
채우려들지 말고
비우는 방법
뱀이 허물을 벗는
일
태양은 신이었다

체중 감량이 아닌
사유를 위한 감량
나눔을 위한 감량
제2의 운명
바로 이것
홀로 일어서기다

# 일출

어제는 땅거미도 지기 전에
동산東山 나무들 사방을 두리번거리더니
밤이 새도록 합일合一—을 못 이뤘나 봐

섣불리 서둘다간 불장난될 줄 아는 저들
나 같았으면 코피 터지도록
저지르고 말았을 걸

세상 일
발효가 제대로 안 되면 썩어 문드러지는 법
수 세월, 기다림의 섭력을 연마한 탓일까

아!
이제야 코피를 온 바다에 쏟아내는구나
긴 오르가즘, 내가 접근했다면 개망신만…

# 임란의 그림자 · 1

1592 선조 25년 4월 13일
부산 앞 바다에 왜군들의
병선, 수십 척이 몰려왔다
선봉장 고니시 유키나가가
명나라로 갈 터이니
길을 빌릴 것을 요구했다

동해바다 돌고래가 들어도
우스꽝스런 얘기
이에 속을 리 만무한
정발 장군이 성을 쌓았다
고니시 유키나가가 뿔이 났다

그는 싸우려면 곧장 나와서 싸우고
싸우고 싶지 않으면 길을 빌려달라
이때 동래부사 송상현이
죽기는 쉽다
그러나 길을 빌려주기는 어렵다
이에 맞서다 송상현은 죽고 말았지만

# 임란의 그림자 · 2

왜군의 공격은 거칠게 전개되고
병력이 부족한 우리측은
좌의정 류성룡 등을
합류시켜 싸우게 했지만
오히려 기세가 등등해진
고니시 유키나가의 군사들

바다 속 해초들이 춤을 추는
이유를 알았다
전라 좌수사 이순신이
바다를 제패
왜군들의 간담을 서늘케 했으니
갈매기들 포식을 했으리

언제까지 끌고 갈 수 없는
피맺힌 과거사
4세기 여가 지난 지금
역사는 바로 알되
그 날의 후손들이여!
이제는 뜨겁게 손을 맞잡자

# 임종

불끈 솟아 혼자 힘으로
하루를 옮겨 놓고
그래도 힘이 남은 모습
임종의 광경이 장관이다
선진 조국으로 가는
최일선의 노동자들이여
잠시 연장을 놓고
서녘의 화려한 태양을 보라
지친 몸을 마음껏 충전하여
가족 품으로 용기 있게
돌아가 내일을 설계하라
밥상이 부러질 날
머지 않았다

# 임진각에서

몸서리치는 그 날 잊지 못해 떨고 있는 강
망배단 향내음 진하게 오를수록
하늘도 울고 새들도 울고 서러워 또 울고

맺힌 설움 달래 줄 통일은 왜 말이 없나
평안도 말이면 어떻고 경상도 말이면 어떠냐
통일이여 말해 보렴 속이라도 시원할지

미치도록 달리고 싶은 철마의 애간장
북녘을 그리워하는 터질 듯한 가슴들을
왈칵 열어다오

토막난 국토 위의
초승달처럼 굽은 마음
할미꽃으로 지고 있는 이 마음들 어찌 하리

아!
바람으로 날아갈 수만 있다면 가다가
두만강에 처박힐지언정 세찬 바람으로

4천만이 부르는 노래 통일의 노래

7천만의 열창으로 휴전선을 녹여내자
우리의 소원은 통일 이 목숨 다 바쳐 통일을

백두산에도 태극기 평양에도 태극기
거리마다 곳곳마다
무궁화 출렁이는 통일이여 겨레의 소원이여

# 잊혀지지 않는 여인

어제도
오늘도
해는 여지없이 동쪽에서 뜨고
그리움은 항상 서쪽에서 뜬다
봄비 내릴수록
내 고향 고성 하늘 그리움 홀로 솟는

화마火魔처럼 덤비는 그리움 못 참아
갈 때마다 빈 걸음인 줄 알면서
그래도 찾아가는 낙원골프장
이젠 아무도 모른단다, 늙은 주인도
낯익은 고목까지

설사
그가 내 이름을 잊는다 해도
나는 눈 감은 뒤에도 잊을 수 없는 이름
광주 소녀, 최영숙
짐승처럼 부르짖고 싶은 그대 이름이여!

ㅈ

# 자갈치 낮도깨비

중년 여인이 지하철 남포동역 출구 계단에서
윙크를 하며 접근해 온다
여관비 일만 원에
몸값 일만 원
도합 이만 원이면 홍콩 가게 해 준단다
일요일을 틈타 홀아비 고작 삼만 원을 들고
장 보러 가는데
이만 원에 홍콩 맛이라니
물꺼리가 한물 갔다 쳐도 참 싸긴 싸다만
앞뒤가 축 늘어진 그 몸뚱이로 홍콩은 고사
킹콩한테 잡아먹히고 말 것 같다
눈 깜짝할 새 시궁창에 이만 원을 쑤셔 넣느니
대국 맛을 보더라도
민어 조기나 몇 마리 사들고 가서 골다공에
땜백질이나 하는 게 낫지
한데 귓구멍도 없는 아랫놈이 벌떡 일어나
눈 딱 감고 오랜만에 홍콩구경 가잔다
이놈아 대가리 한 번 잘못 휘두르다간
내 신세는 고사하고 네 신세가 말이 아닌 기라

# 자연이 준 선물

발길 뜸한 한적한 산
나는 우뚝 솟은 바위 끝에 올라
옷을 몽땅 벗었다(오래된 습관)
하늘이 먼저 벗고 있기에
지난 기억들을 다시 끌어들였다
머슴 같은 바람이
내 몸의 부드러운 숲을 흔든다
섹스의 유도!
가쁜 호흡도 잠시
하늘과 나는 바람의 도움으로
힘 안 들이고 오르가슴 연발
그날 우리는 다시 맹세했다
언제나 변치 말자고
바람은 우리들의 섹스에 지쳐
낙엽 위로 나자빠지고
주섬주섬 옷을 챙겨 입은 나는
바람의 등을 밟으며 하산
오늘밤, 아내와 나의 그 짓에도
바람은 용케 찾아올 것이다

# 잔영殘影

내 마음 깊은 곳
자세히 들여다보면
닳아빠진 벽화가 보인다

여인의 하이얀 옷깃이
바람에 쫓기는 달빛 속에서
만장처럼 펄럭이고

좀더 가까이로 다가가
귀 기울이면
쉰 목소리 흐느낌이 들린다

전생만이 아닌
오랜 겁을 따라다닌 듯한
아도화상 이전의 여인이

혹은 나를
미로 속으로 밀어넣기도 하고
밖으로 뛰쳐나오기도 한다

내가 잠들지 않으면 잠들지 않는
벽화 속 여인

# 잠들지 않는 당항포

통한과 희열이 어울린 침묵의 바다
비단을 씌운 듯한 고요의 당항만에
찔리고 찌르는 대혈전이 벌어졌음을
누가 믿으랴
이쪽에서 저쪽 해안으로 오가는 바람이
그날의 화살에서 인 바람이라면 또
누가 믿으랴
연꽃빛 선혈을 뿌리며 바다로 떨어져 내린
구국의 용병들
그들의 넋
영원히 잠들지 않는 당항포 수호신이어라
아!
번뜩이는 물비들은 넋들의 칼날인가
어디서 승전의 북소리 해안을 메워 온다

# 장미

아름답다고요
그러면 됐어요
더 가까이 오지 마세요
한 발 물러서서 나를 보세요
나는 요상한 마녀
나를 당신의 품에 안다가는
당신의 몸에서 붉은 비린내가 날 거예요
나만이 아닌
아름다운 것들은 모두가 그래요
그래도 아름답다고요
함부로 매만지지 마세요
비린내가 나면 당장 싫증이 날 거예요
마녀에게도 눈물이 있다고요

# 재건축 지구

수십 동棟의 건물들이 흉물스럽게 방치되어 있는
재건축 지구
현장 사방을 가려 놓은 가리개 사이로
내 눈알 하나 박혀 빠져 나오질 못한다
이웃 동네 주민들이 몰래 내다버린
온갖 쓰레기 봉지들과
별천지를 만난 쥐떼들과 고양이들
반쯤 허물다 만 상가 바닥에 그것도 벌건 대낮
여자 한 명 홀랑 벗고 반듯이 누워 있다
아직도 탱탱해 보이는 두 젖가슴
그런데 아래쪽 음부 부분에 큰 구멍이 나 있다
변강쇠가 왔다 간 걸까
창백한 피부 색깔, 부릅뜬 두 눈
무슨 한이 서려 하늘을 직시하고 있는지
대가리 피도 덜 말라 보이는 쥐 한 마리가
제 아비 하는 걸 보았는지 한참 동안 젖가슴을
매만지더니, 조금 후 그 구멍을 들락날락거린다
중국산 비아그라라도 훔쳐 먹었단 말인가
나 같으면 벌써 끝났을 것도 같은데!
난 그저 그 자리에 서서 오줌만 찔끔거리고 있다

# 재앙적 낙서

누가 이 밤을 제야라 일컬어
가냘프게 매달린 종을
철없이 울음 울게 하는가

무상無相한 공터에
누가 눈금을 그어놓고
송구영신을 부추기게 하는가

시간의 바탕은 실상實相없는 백지白紙
백지 위에 그려진 시간은
우리들이 갈겨논 낙서

강은 통째 흐르지 않는 법
시간의 밑바닥은
강물의 밑바닥과 유사한 것

그는 찰나도 영원도 없는
색깔로 치면 무무색
맛으로 치면 물에 물탄 맛

시간은 절대적 재앙이다
낙서를 지우고 해 뜨면 낮
해 지면 그저 밤이라 하자

# 재활용품

진열장 속
수혜자를 기다리는 거룩한
폐품이여
유리벽을 타고 내리는 너의 체온이
훈훈하다
이 몸뚱아리 어느 것 중 때묻지
않은 것이 없기로
보면 볼수록 너의 헌신이 눈부시다

생사의 기로에서 가슴 죄는 수혜자여
여기 이 몸이라도 가져가 뜯어 맞춰
보겠다면
재생 후 오직 길 잃은 자를 위하여
이정표가 되겠다면
우선은 하나쯤 떼어가게 하리니
주저없이 말하렴

# 재회

무덤 밖으로 고개 내민 할미꽃
일년 내내 드러누워 있기가
지루했던 모양인지
새아기처럼 살며시 나와
고개 숙이고 있다

왔다갔다 나비 한 마리
먼저 떠난 영감의 낡아빠진
두루막 조각
훨훨 흰 나비가 되어
할미꽃 주위를 떠나지 않는다

# 저녁 종소리

커피를 마시는 사이
은은하게 퍼지는 산사의 종소리
커피는 입으로
종소리는 귀로 마시는 야릇함
단순했던 커피 맛은
내 속
어느 길목에서 종소리를 만났는지
종소리 맛만
진향 향기로 감돈다
한나절 동안 안전지대를 잃었던
마음의 방황
여운이 질 때마다 연꽃이 핀다
마음 가득 송이송이 피어 오른다

# 저승 가는 길

극락세계 눈앞인데
긴 파래 칭칭 감은
징검다리
죄지은 자는 미끄러지니
탐내지 말고
반대편 다리를 통해
지옥세계로 가라 하네

# 저승길

저승까지 가시는 길
자갈길이면 어떻습니까
사막길이면 어떡하고요

먼 길
허기, 지는 일만 없다면
불평불만이 무어겠습니까

목적지까지만 가면
인간 년 수
4억3천2백만 년의 삶

상운 지녀 가시니
걸림돌이 있으랴만
다음 생을 생각해야죠

# 저잣거리에서

중생
알기를
부처
모시듯 하라
했거늘

재물
보기를
촛농
보는 듯 하라
했거늘

우짜꼬
우짜꼬
이 일을
다
우짜꼬

중생아
너 또한
금 바쳐

갈증 풀어라
했더냐

맹물
한 사발에
간장
한 방울이면
족하다 했거늘

자폭하라
스스로
너희들 이미
구제할 수
없느니

# 전쟁과 평화

그도 비무장
나도 비무장
아침부터 해질 녘까지
온종일 맞붙었지
놀란 하늘이 무너질까 봐
구름이 하늘을 가려 주는
희한한 작전
그는 내게 숨 돌릴 틈도 없이
공격했지만, 난
그가 그럴수록
오히려 기분이 상쾌했었지
햇물 든 낙엽이 하나둘
처음 떨어지던 그날!
나에게 공격하던
바람, 바람, 바람
그는 앰뷸런스에 실려 가고
나는 또 이마에 타 내리는
땀을 닦아내기 시작했다

# 절간 바위에 앉아

56억7천만 년이
그리도 빠른가

석가도
가셨다 하고

관세음도
떠나셨다 하고

지장님도
가셨다 하고

벌써부터
미륵께서 오셨다니

미륵도 떠나시고
나 홀로 남았노라

# 정류장에서

칼날이 범람하는 겨울밤
야속한 시내버스는 칼날에
상처를 입었는지 몇 차례나
지나도 오지 않고
점점 오그라드는 고사리 몸
초라한 슬레이트, 집이지만
바람막이 내 집이 이렇게
그리울 수가

# 정신대 장미

갓 피어난 장미꽃들아
끌려가는 너희들의 뒷모습을
나는 보았다

울며불며 뒤돌아보며
피보다 진한 눈물
길을 적셔가며 가는 모습을

수많은 가시마다 독을 뿜어
왜놈들을 질식시켜
근접치 못하게 할 것이지

순진하고 어리석은 꽃들아
모진 수모 당한 것이
어디 너희들 잘못이드냐

할 말 없다 미안하다
용서해 다오

# 정지 없는 바퀴

아난
노을이 듬뿍 배인 갠지스강을 보았느냐
거기 어둠 속으로 빨려드는 강물과
평화로이 임종을 기다리는 듯한 수많은
모래알들을 보았느냐

아난
숨결이 끊어진 듯한 저문 강가에서 너는
너의 최후를 끌어당겨 보았느냐
없지 않더냐
일체가 허물어진 밤 당기고 늦출 게 뭐 있더냐

아난
세상만사 모든 이치에는 뿌리가 있다마는
요절스런 형상만은 그 어디에도 뿌리가 없는 터
정지 없이 굴러가는 바퀴
너도 그리로 가 허리 굽혀 밀어 보거라

그리하여
새날 아침 갠지스강으로 다시 나가 보렴

널려져 있어야 할 주검들은 아무 데도 없고
사열장 병사처럼 모두들 늘어서서
비로소 너에 대한 존재를 훈장처럼 수여하리니

# 조가비와 나

시혼詩魂이 낭자한 바다
백지를 물고 내게로 밀려오는 파도들

오랜만에 기회 한 번 잡았다 했더니
빌어먹을 썰물

바다 가운데 산 하나 쌓다가
다시 물 속으로 뛰어드는 너는 누구냐

한 구절 적을라치면
백지를 물고 도망치기를 반복하는 파도

은빛 은유를 심심찮게 낚아채는 낚시꾼
그대는 천재 시인

바닷물이 멀리 빠져 나간 텅 빈 개펄에
입만 벌리고 있는 조가비와 나

# 존재에 대하여

산은 자신만이 제일이고
물은 물대로
중생 또한 자신만이 제일이라

미물들은 어떻게 하여 생기고
중생들이며
불, 보살들의 몸은 어디서

산은 물이 있어야 제 구실
물도 산이 있어야 제 구실
독존은 물러서라

상대가 있어야 내가 있고
내가 있어야 상대가 있는 법
우주를 훔쳐도 혼자는 안 돼

# 종말을 앞둔 지구


석가모니 부처께서
깊은 밤
모두들 잠에 취해 있을 때
잠시
다른 별나라로 염탐

예수 그리스도께서도
역시 모두 잠들어 있을 때
별이라는 별은
샅샅이 다 둘러보았는데
썩은 곳은 역시 지구뿐

# 종무소식

밤마다 가슴 속 별들을 헤아린다
전쟁터라도 끌려갔단 말인가
그새 늙은 할망구들만
밋밋한 언덕에 누워
젊었을 때의 설계도를 펼친다

사랑에 빠지면 거의가 미끄러워
다시 기어오르는 자 없다는
전설 같은 얘기는 전설이 아니었다
나를 심어 놓겠다고 화분까지
준비해 뒀다는 광주 소녀

숙아!
이제 허락하나니 빈 화분에 나를 심어라
아무리 둘러봐도 꽃이 없는 세상
아무리 맡아도 향기 없는 세상
네 간직한, 나의 꽃씨를 심어라

첫사랑이 겨우 20년인 줄 알았다면
앞선 사랑 단념하고 처음부터 너를
택했다면 백년사랑은 거뜬할 걸
숙아
첫사랑의 이십 년만 칼질했더라도

# 종점

다들 바쁘단다
다들 시간이 없단다
다들 자기 운명을 아나 봐
종점에 가 봐야 뻔한 일을 왜?

# 죽순 같은 종파宗派

영겁을 돌고 돌다
이승 다시 스치나니
풍경은 기가 죽고
종소리 슬피 우네

# 죽음의 강

갈대가 흔들리는 건 바람 때문만은 아니다
떠나 볼까, 말아 볼까 하는
마음의 흔들림도 있겠지만
수백 년 터를 넓혀가며 살던 뻘밭이
숨을 제대로 못 쉬고
갈대마저 떠나면 당장에라도 죽을 것 같아
죽기 아니면 살기로 갈대의
발목을 놓아주지 않기 때문이다
우포늪이나 억새의 천국인 하왕산에라도 가서
통사정하여, 자투리 땅 몇 평만 얻으면
체질을 바꾸어 자손만대 영화를 누릴 것 같다만
여태껏 살려주던 뻘밭이 초죽음을 당하고 있으니
어쩌랴
어쩌랴!
부초처럼 떠다니던 구름마저 사라진 강
어초들도 양잿물 같은 강물에 꼼짝없이 당해 버린 강
단꿈에 젖어 두 다리를 뻗고 자는 인간들이여
하늘도 땅도 그대들을 증오하고 있음을 아는가

# 지구는 지금 · 1

지구상, 기아 인구가 팔억 오천만 명
굶어 죽어가는 아동이 한 해 육백만 명
과다 서비스로 음식 버리게 하는 식당은
직접 살인이다
먹지도 않으면서 냉장고에서 썩히는 것은
간접 살인이다
놀고 먹으면서 비만한 인간은 간접 살인
방조죄다
최고급 요리로 배를 채우는 자여
그대는 그대의 죄명을 아는가
온종일 개처럼 입을 놀리지 않는 자여
그대는 그대의 죄명을 아는가
굿판에 차렸다가 펑펑 버리는 먹거리
무당이여, 그대가 정말 족집게냐
굶어 죽은 어린 영혼들이여 창을 들어라
저들을 향해 창을 날려라
너희들의 후예가 해마다 육백만 명
그들을 위해 입을 악다물고 덤벼들라

# 지구는 지금 · 2

사막은 넓고 오아시스는 가뭄에 콩이다
종교를 운영하는 성직자들이여
주경야독, 탁발로 종교를 유지하라
신도들이여
맨땅에 거름 주어야 잡풀만 무성하나니
올곧은 곳을 찾아 숲을 이루게 하라
웅덩이에 갖다 넣지 말고
저 넓은 사막의 밑바닥부터 적셔주어라
모든 생각은 내 마음 속에 있나니
이슬 같고 꿈 같은 헛됨을 버리고 나면
대자유인이 아닌가, 무엇을 망설이는가
종이 운다
종이 울어
이 시대에 연등 다는 건 장식품이라며
십일조는 또 뭐냐며
종이 운다
종이 울어
종교에도 세금 받아 내라고 종이 운다

# 지구촌

작은 입 하나로는 포만을 채우지 못해
눈알 부라리며 허덕이는
아귀들의 소굴

그곳이 사람 사는 마을인데도
사람들의 그림자만 많을 뿐
사람은 별로 없다

북적거리는 장관 속에
고작 사람이래야
아귀 이빨에 물려 상처 난 사람 몇몇

찢기고 밟히고
난도질당한 사람이라도 있어
아직은 사람 사는 마을이랄 수 있다지만

돌아가면 다시는 오고 싶지 않은 소굴
사람들의 그림자는 많고
사람들은 별로 보이지 않는 세상

# 지금은 불효지만

훗날 세상과 이별하신 후, 늦은 감은 있지만
어머니 증명사진 한 장, 코팅을 하여
이 못난 자식, 목에 걸고 다니리라
생전에 못 다한 효도 빠짐없이 다 하리라
가시고 싶은 곳이 있으시면
살아생전에 말씀하이소
잡숫고 싶은 것 있으시면 하나도 빠짐없이
제 다 말씀하이소
이제나 저제나 주머니는 항상 비어 있지만
어머니 떠나신 후, 일일이 챙겨 드리오리다
증명사진 목걸이 가슴팍에 내걸고
어머니께서 가고 싶어 하시던 곳이며
잡숫고 싶어 하시던 음식이 있는 곳이면
어디든지 가서 한참을 머물 테니
부담 갖지 마시고 실컷 흠향하시고
마음껏 구경하이소
기차도 태워 드리고 비행기도 태워 드리고
찜질방에 가서 찜질도 하게 해 드리리다
지금은 떨어져 있지만, 훗날 사후에는
어떤 일이 있어도 제 곁에서 떠나지 못하게
할 테니, 홀아비 이 자식 너무 걱정 마시고
이왕이면 꽃피는 봄날에 편안하게 잠드소서

# 지문指紋

방울 없이 타고 내리는
이 차가운 이슬은
그대가 버리는
그리움이 아닙니까

이제는 알 것 같군요
두 눈이 부어오르는 것을
마냥 보고 있을 수 없기에
나도 님을 잊기로 하였습니다

이 가을이 다 가기 전
우수수 떨어지는 낙엽
나는 낙엽마다 지문을 찍어
세상을 향해 그대와의
이별을 선언할 것입니다

# 지수화풍

한생 실컷 부려먹고
고맙다 말 못한 채
황급히 돌아갈 일 뻔하여

약간은 더럽혀져
미안키 그지없지만
떠나는 마음 무엇 편하랴

저쪽 가서 뉘 세상살이
끈질기게 물어오면
침팬지 얘기나 실컷 하랴

살덩이며 피, 온기며 숨
이생의 반려자여
참으로 미안하이

# 질긴 끈

양귀비 같은 미색
변하지 않는 향기

가느다란 목소리
들릴 듯, 말 듯

평소엔 잠든 듯하다가
비 오면 달려드는

칼부림 쳐도
꺾이지 않는 그리움

누가 물을 주기에
어디에다 숨겼기에

너는 언제나 그대론데
나만 왜 시들어가나

너도 마술에 걸린 듯
나도 마술에 걸린 듯

내 생사의 고리에
너도 함께 매달렸음을

# 짐

반세기의 가슴앓이 밤마다 공수되어
철둑 해안, 뻘이 되어 쌓이도록
너는 어디에 있느냐
누구도 찾지 못할 섬이 아니라면
원망조차 싫어져 어둠이 응고된
저승 깊숙이 들앉고 말았느냐

어린 가슴에 모질게 찌른 못
돌아서기 바쁘게 뽑아내려 했었지만
너는 이미 간 데 없어

잎새마다 맺힌 이슬
밤새 흘린 네 눈물인 듯하여

나에게 못다 보낸
네 빛바랜 먹물인 듯하여

날마다 오체투지 부처님께 매달려
진언眞言을 읊조리건만
참회하는 만큼 더 부풀어지는 업장
한여름 밤에 서리 맞을 죗값을
어찌하면 좋으랴

# 짐 벗으면 가벼운 걸

살아서 내 소유로 된 땅
한 평도 없는 탓으로
죽어서 누울 땅
더욱 없기에
내 죽은 육신 기증하려 함이네
어떤 짐을 벗은들
그만큼 가벼우랴
고장난 기계들 부속 바꿔 끼우듯
쓸 만한 것 골라서
재활용하고
몹쓸 건 활활 태워
바람 솔솔 부는 날
훌훌 날려 보내면
누이 좋고 매부 좋은 걸
나비는 날개를 힘겹게 저어도
천상까지 못 가지만
나 힘들이지 않고 천상 갈 것이네

참선
천당파 극락파
초양 생각

# 참선

면벽 시작
가부좌가 끝났다면
호흡을 고르고

촛불 흔들리듯
요동치는 흔들림
몸과 마음 따로

주지스님의 죽비
흩어진 몸
뒤죽박죽의 호흡

죽비 몇 대에
생엿 같은 망상
걸음아 날 살려라

공양도 마다하고
그 자리에서
한나절

저녁예불로
부산한 절집
눈 뜨니 벽이 없다

# 천당파派 극락파派

예수를 믿으면 천당 간다며
거리에서
공원에서
지하철 입구에서 차茶 주고
화장지 주고, 전단지에
사탕 하나 덤으로 건네준다
주어서 나쁠 게 있나
장삿속인들 나쁜 게 있나

죽어서 천당이 있건 없건
지옥이 있건 없건
절집 식구들 거리에 나와
화장지 나눠준 적 있나
사탕 하나 나눠준 적 있나
승려가 지나가면 찬바람만
일어나니
2600년이 꿈에서 못 깨네

# 초양草羊 생각

어젯밤에 본 것 같은데 새벽에 일어나
곰곰이 생각하니 종잇장 같은 꿈이었네
중년에 만나 꿀떡 같은 사랑을 나누다가
강산이 한 차례나 뒤척거릴 동안
종무소식이니 그냥 그립기만 하겠는가
초양인들 그 마음 편하겠는가!
생명 붙은 동물이라 선악 두루 겪어 보지
않은 자 얼마며 탐욕에 끌려 든 자
어디 하나 둘이겠는가마는
성경의 말씀을 깊이 새겨 듣고도 감히
탐심을 갖다니 처음부터 잘못 보았네
그리우면서 보고 싶고, 보고 싶으면서
얄미운 초양아!
홀몸으로 어디서 무얼 하고 지내는지
간혹 소식쯤이야 한 번씩 전할 만한데!
부끄럽다 생각 마라, 살다 보면 그럴 수도
그래도 시인이라 남 앞에 떳떳이 나설
용기는 남았겠지? 그 용기 내게 부리렴
초양草羊!
시인의 본명이 남자 이름이라 내가 새로
지어준 필명筆名
내게 돌아오지 않아도 되니 목소리라도

# 태양 · 1

빨간 사탕 하나 밤이 삼켰다
우리에게 태양이었던 사탕
사람들은 밤이 무서워
모두들 자기 집으로 돌아가
방 안에 웅크리고 누워
이불을 칭칭 감는다
밤은 도둑이 아니었다
잠시 배가 고팠을 뿐
도둑고양이처럼 아름다운 밤
남의 사탕을 삼킨 밤이
우리들에게 미안한 나머지
다양한 꿈을 선사하며
용서를 구한다
다음 날, 이른 아침
밤의 항문으로 빠져 나온
멀쩡한 사탕
수평선을 박차고 오른다

# The Sun · 1

The night swallowed a red candy
The candy serves us as the Sun
People go home at night with fear and
Pull their bedclothes over their head
The night wasn't a thief
It feels only hungry
The night is beautiful as a cat
The night swallowed other's candies
So it begs our pardon as it gives us
Various dreams
Early the next morning
It makes its appearance
Through the vent of the night
Then the cheeky candy shoots into the blue

# 태양 · 2

밝을 때 잘 봐 두었다가
밤에는 숨어 줄 테니
어둠을 틈타
가지고 싶은 게 있으면
마음껏 털어 가지되
두 번 다시는 금할 것

# 태풍

태풍이 스쳐간 광활한 평야에
또 다른 폐허가 치부를 드러내어
지구가 아직도 건재함을 과시한다
산 하나를 한쪽 발로
짓밟고 있는 것이나
또 다른 발로 집채 만한 바위를
밟고 서서 난리에 대하여
함구무언의 과시
답을 말해 주지 않아도 우리는 이미
충분한 답을 알고 있다

포구의 아침

# 포구의 아침

새벽이 바다를 깨우고
바다가 수평선에 태양을 올려놓는 동안
뜬눈으로 그물질하던 어부는
포구로 돌아와 물칸을 열어제킨다

중매인들의 손놀림이 생선들과 함께
퍼득거리고 나면
지난 밤 어부가 치른 노동의 대가는 정해지고

창문 틈새로 기어든 비린내와 저잣거리
억센 사투리를 두되짜리 주전자에 넣고
오차를 우려내는 포구다방 늙은 마담

토종 재료만 쓴다는 해장국 집
수입산 고추를 8할이나 넣은 국솥에는
해장국이 외래어로 끓어댄다

동란 때 다리 반쪽을 빼앗긴 좌판상
양 노인의 화학전
수두룩이 쌓은 소독약으로 포구를 장악한
비린내
수평선 밖으로 밀어내고 있다

# 항구

많고 많은 것이 항구다
오늘은 어느 항구에 닻을 내리나
주적주적 내리는 비
누구의 눈물인 줄 몰라도
마도로스 가슴에 파도가 인다
차가운 파도였다가
뜨거운 파도였다가
갈피를 못 잡는 눈물도 야속타
내 님을 보았느냐 갈매기들아
오늘밤은 유달리 달빛도 밝구나

# 항구 도시

항구 도시, 밤낮 치고 년중
기죽은 날 있던가
낮과 밤의 익숙해진 매력

신새벽부터 입은 작업복
해지는 줄 모르고 있다가
늦게야 겨우 난산

미녀는 얼굴도 생김새도
중요하지만, 잘숙한
허리와 발목이 으뜸

눈요기, 코요기, 맛요기
항구의 기질 따로 있어
그 맛 모르면 얼씬 마라

알게 모르게 거무스레한
피부를 가진 아가씨들이
열에 열, 내게는 넘버원

# 해수욕장에서


목구멍까지 차오른 애정을
받아주지 못한 죄가
나이테 점점 늘어 갈수록
속죄의 피 거꾸로 솟음에
님이여, 이 후회 어쩌리오

물 위에 쓴 사죄의 글
행여 틀린 곳 있나 하여
첫 줄부터 확인하려는 순간
물이 물로 송두리째
지워 버렸다

화가 치밀어
이번에는 바다가 찢어지든 말든
있는 힘 다해 꾹꾹 눌러 썼다

그대는 옛 모습 그대로
내 마음 속에 멈춰 있건만
지금의 난, 머리 위
서리 맞은 갈대밭 이고 있음에
후회의 무게 철산 같다오

마침표를 찍자마자 갑자기
파도가 떼거리로 몰려와
내 몸을 삼키려 한다
그녀부터 꺼내어 밖으로
밀어 올려야 하는데
가슴이 열리지 않는다
가까스로 구조원에 끌려
밖으로 나와 바다를 보니
파도는 보이지 않고
물이 날더러 물처럼 살라 한다

# 헛 공양

불타는 불에 타 죽은 지 오래
예수는 예측대로
하늘에 가서 귀 막은 지 오래

시줏돈
십일조
백날 시주해 봐야 도로아미타불

# 혁명공약

입원 2주 만에 떠나야 하는
괴상한 제도
옮길 날이 차차 다가오니
물 한 컵 떠다줄 수 없는 몸이라
걱정이 태산이다

어디에 있는 어느 병원으로
가야 할지!
몇 가지 안 되는 세면도구를
버리고 가자니, 그곳에 가서
사는 것이나 다를 바 없으니

일반병원에서 할 수 없이
요양병원으로 옮겼다
환자복은 갈아입었지만
밤마다 치러야 하는 모기와의
끝없는 전쟁, 밤이 무섭다

중환자가 제일 고통 받는 건
만기 퇴원과 간병인의 도움
허튼 짓 하는 나라님들!

백성 없는 나라가 있는가
환자를 국시의 제1로 하라

# 호두보다 여문 화두話頭

그의 무지막지한 성격 탓으로
화두 하나 받아 쥐고, 알 수 없는
이 땅에 왔다
벌써 60에서 70의 흔들다리를
뒤뚱뒤뚱 건너고 있다
호두 깨물 듯 이빨 깨물고
곧 돌아갈 일을 생각하니 가슴이
흔들다리보다 더 흔들거린다
난 그런 사연도 모르고 오직
나를 낳아 키워준 부모님께
봉양해 왔건만, 도로아미타불
알고 보니, 그들이 무지막지한
자者가 보낸 나의 짐꾼이라니

화두는 마음으로만 깨치는 것이
아닌 모양이다. 보나마나
빈손으로 돌아갈 게 사실이라면
한 모금도 못하는 술
술 두어 병이면 지랄병이 나오겠지
닥치는 대로 때리고 차고 밟고
하다 보면 엉뚱한 곳에서

풀릴지도 모를 일이다. 만약
못 깨치고 빈손으로 간다면 이
세상으로 다시 보내겠지!
허 허, 웃기지 마오. 돌려보낸다면
사생아로 짐꾼들 몰래 탈출할 테니

# 화두話頭


목탁소리 높을수록
맞닿은 가슴 속

술독에 술 익듯
속에서 괴는 소리

가슴아! 목탁아!
너희들 왜 이러니

무엇이 발효되어
무엇이 되려는가

# 화신花神

텅빈 숲속에 남아 잿빛으로
떨고 있던 그리움이
푸릇푸릇 발자국 남기며 바람으로
떠나는 날

잘 가라 손짓하며 뒷걸음질치다가
폭포 아래로 나뒹구는 잔설 무더기
일어서려다 주저앉는 비명이
눈부시게 하얗다

굳게 닫힌 계절은 풀빛으로 열려
쏟아져 나오는
지상의 모든 것들에게
공평하게 부여되는 부활의 맥박

차갑게 눌러 붙은 땅거죽을 해체
연초록 핏물을 길어 올리는
이 아름다운 무리들은 누구인가
환장하게 꽃이 피면 나는 모를 일

# Soul of the flower

The trembling yearning with gray
In the empty woods
Leaving the green track
As its going away with the wind

Waving goodbye, moving backward,
Lingering-snow mass is tumbling below the waterfall.
The scream that it arise and soon drop ploping
It's shining whiten.

Firmly, closed season is opening in green
Could be pouring out,
The pulse of the revival is granting fairly
For everthing in the world

What a pretty crowd is!
Taking nuriment of the light green
Spring out on the surface of the frozen ground
I couldn't do know when flower bloom and so make
me crazily.

— Trans by Ok-Im Jung

# 황혼녘 사랑

마음이 순백하여 겉모습까지 하이얀
당신은 전생에 백조였나니
묻지 않아도 그대 고향은
철새들의 낙원인 시베리아 동부라네

잃어버린 깃털 찾아 먼 길을 나섰다가
지쳐 쓰러져 몸이 바뀐 여인이여
혹여, 나를 만나기 위한 의도였다면
나도 그대 위해 쓰러지도록 사랑하겠네

부여받은 시간은 종말에 가깝고
사랑의 행선지는 사막 너머 아득한 곳
짝을 지어 왔다가 짝을 지어 떠나는
오, 철새여, 우리에게도 길을 알려주렴

이대로 끝낼 수 없어 미리 전해 주노니
사랑하는 여인이여
그대와 내가 다시 태어난다면
우리가 만날 곳은 시베리아 동부라네

## ▪ 진진욱 주요 약력

- 이름 : 진진욱(陳辰旭)
- 출생년도 : 1951년생
- 출생지 : 경남 고성 출생

- 학력 : 1994년 동서대학교 사회교육원 창작과 수료
  1995년 부산교육대학교 문예대학 수료

- 경력 : 1973년 육군 입대. 1976년 만기 제대(상병)
  1978년 일반예비군 소대장 만기 역임
  1987년 부산시 동래구 연산8동 동정 자문위원 역임
  1987년 부산시 동래구 區명예 홍보위원 역임
  1987년 부산시 동래구 연산8동 동정 자문위원 역임
  1987년 부산시장상
  1989년 한국자유총연맹 총재상
  1991년 부산시장상
  1991년 정토불교대학 1기 수료(서울 종로 소재, 大覺寺에서)
  1993년 대한불교찬불가 제정위원회 주최 찬불가사상
  1994년 한국불교청소년 문화진흥회 이사
  1996년 찬불가 '석가여래 오시었네' 등 10편, 작사, 제작 발매
  1996년 대한불교찬불가 제정위원회 주최 찬불가사상
  1996년 한국음악저작권협회 회원(현)
  1996년 한국불교문인협회 부산지회장(현)
  1996년 대한불교찬불가 제정위원회 부산경남지사장
  1997년 찬불 동요 '부처님 집에 가요' 음반가사 10편 작사,
  제작 발매
  1997년 한국사회불교실천회 설립 회장(현)
  1999년 한국불교청소년 문화진흥회 주최 전국 백일장
  심사위원(수년)

1999년 한국 여양진씨(陳氏)보감 등재
1999년 현대사의 주역들, 인물 등재
2000년 『지구문학』 편집위원(수년)
2001년 (사)한국소비생활연구원 주최
        전국백일장 본선 심사위원
2002년 한국청소년신문사 전국백일장 본선 심사위원
2003년 한국불교문인협회 중앙위원(현)
2001년 한국의 인물 21C, 인물 등재
2001년 한국불교 1600년사, 인물 등재
2002년 한국시대사전 대표시 10편 등재

• 등단지 : 1996년 『문학21』 시 〈별이 된 그리움〉 외 2편으로 등단

• 문학활동 : 한국문인협회 회원. 한국불교문인협회 중앙위원 겸
  부산지회장. (사)한국시인연대 회원. 한국불교청소년 문화진흥
  원 이사 역임. 한국문인회 회원

• 문학상 : 1994년 가야문학 우수상
        1994년 삼오문학 대상
        1995년 민족통일 문예중앙의장상 수상
        1996년 민족통일 문예일반부 중앙의장상 수상
        2000년 한국불교문인협회 문학상(작가상)
        2011년 황희 문화예술상(시부문 금상)
        2012년 美, 에페포드문학상(본상)
        2014년 한국불교문인협회 문학상(본상)

• 저서 : 제1시집 《촛불》(1997년)
      제2시집 《님은 님이지만》(2000년)
      제3시집 《사랑, 지울 수 없는 그리움》(2002년)
      제4시집 《첫사랑, 시루 속에 키운 물망초》(2009년)

제5시집 《비에 젖은 40계단》(2011년)
제6시집 《너거들 중 맞나》(2012년)
제7시집 《님 부르는 소리》(2014년)
제8시집 《가을 그리고 겨울》(2014년)
제9시집 《노출시대》(2014년)
제10시집 《비에 갇힌 간이역》(2014년)
제11시집 《술 취한 달마》(2015년)
제12시집 《바다는 옷을 입지 않는다》(2015년)
제13시집 《비천상은 나의 어머니》(2017년)

• 주소 : 49089, 부산광역시 영도구 상리로 1. 206-401
• 연락처 : 010-3346-6389

진진욱 지상발표시전집

# 멈출 수 없는 노래

•

지은이 / 진진욱
발행인 / 김영란
발행처 / **한누리미디어**
디자인 / 지선숙

•

08303, 서울시 구로구 구로중앙로18길 40, 2층(구로동)
전화 / (02)379-4514, 379-4519
Fax / (02)379-4516
E-mail/hannury2003@hanmail.net

•

신고번호 / 제 25100-2016-000025호
신고연월일 / 2016. 4. 11
등록일 / 1993. 11. 4

•

초판발행일 / 2017년 8월 21일

•

ⓒ 2017 진진욱 Printed in KOREA

•

값 40,000원

•

※잘못된 책은 바꿔드립니다.
※저자와의 협약으로 인지는 생략합니다.

•

ISBN 978-89-7969-755-1  03810